S DNA

에스디엔에이
SDNA

장인창

좋은땅

Prologue

한 인간으로서 삶을 사는 게 어려웠다고 고백한다. 그 이유는 나의 정신세계가 동심에서 성장을 멈춘 채 성인이 된 까닭이라고 할 수 있다. 또한 그런 나의 미숙한 정신으로 말미암아 한 사회의 성인으로 살면서 겪어야 했던 고통과 아픔이 만만치 않았음도 고백한다.

이 글은 그런 나에게 찾아온 한 사건에서 비롯되었다. 어느 날 삶의 무기력함과 부적응 속에서 고통받던 내게 가슴이 뭉클해지는 경험이 찾아오게 되었고, 나 자신을 사랑하는 계기가 되었다. 그 이후에 작은 알과도 같았던 내 자아가 부화하듯 깨어나는 과정에서 정신이 나간 사람처럼 수 개월을 보냈다. 여름 정오의 살인적인 더위 속에서 발에 물집이 잡히고 터질 만큼 걷고 또 걸었다. 사회를 떠나 내 스스로를 가둔 감옥과도 같았던 작은 원룸에서 극에 다다른 공포와 싸워야 했고 그 과정에서 수없이 많은 글들이 쏟아졌다.

인문학과는 거리가 멀었던 삶을 살아온 내게는 도저히 설명할 수 없을 만큼 신비로운 경험이자 그 자체가 다시 또 공포가 되어 엄습해 오는 일이기도 했다.

나는 종교가 없다. 하지만 하느님을 믿는다. 내게 찾아온 감당하기 어려운 고통을 이겨 내는 데에 그 믿음이 절대적인 역할을 했다고 감히 말할 수 있다.

그로부터 4년 후 나와 같은 고통 속에서 몸부림치는 또 다른 영혼이 있다면 내 경험이 도움이 될 수도 있다는 믿음이 생겼다. 이 자리를 빌어 내 자아가 눈을 뜨면서 물밀 듯이 몰아치는 고통을 겪었던 3개월 동안에 쓰인 글의 일부를 소개한다.

2022년 3월

차례

Prologue 4

Part I

시간여행 10 / 그냥 참 좋았다 12

2018년 6월 | 바다가 들려주는 이야기

바다 14 / 너에게 묻다 16 / 꿈 빛깔 17 / 그 18 / 편백나무 19 / 인생 차 21 / 산촌 풍경 22 / 고독 23 / 수국(守國) 25 / 넋 26 / 흘리옵니다 27 / 절망(絶望) 28 / 물의 지휘자 29 / 물 31 / 추풍령 34 / 근원의 땅 36 / 한옥 마을 38 / 그리운 날들 39 / 고택 40 / 간월도 41 / 무엇 42 / 함초 43 / 샌드위치 44 / 지식인 46 / 추모(追慕) 47 / 사랑이 가르쳐 준 것 48 / 흑심 49 / 내 고향 산촌 51 / 숨바꼭질 53 / 노여움을 산 연인 55 / 지금 이 순간 57

2018년 7월 | 인간관계

보랏빛 노을 60 / 시로 말해 줘 61 / 인간관계 62 / 인생 63 / 세상의 빛이 되자 64 / 평생의 일 67 / 인간이 말하는 행복 68 / 거미와 곤충 69 / 너와 있을 때 70 / 물의 고건 71 / 헛발질 72 / 추억의 별 73 / 삼각관계 74 / 사랑으로 담긴다 76 / 마음의 중앙선 78 / 건강한 사랑 80 / 바뀌는구나 81 / 잡초 83 / 기구한 삶 86 / 계곡물 88 / 존경하는 너 89 / 꿈 90 / 시 쓰기 92 / 뿌리 깊은 친구 93 / 야경 별 96 / 폐지 줍는 할머니 97 / 추억의 안개 99 / 귀가 100 / 죽 102 /

이상을 구출하다 103 / 잘 살아 보자구요 104 / 인생의 항로 106 / 연^(緣) 107 / 홀로 서 있습니다 108 / 기다림이 아프지 않도록 110 / 보편적 가치관 112 / 공원에 앉아서 113 / 순대국집 수줍음 115 / 처음사랑 117 / 사랑에 대한 짧은 고찰 119 / 하루사랑 123 / 감사합니다 125 / 여름날 그 풍경 126 / 동행 128 / 유명을 달리한 한 생명을 기리며 130 / 문학빌라 135 / 벗 136 / 건망증 138 / 아침 더위 139 / 초심^(初心) 141 / 오수^(午睡) 143 / 보호소 검은 눈동자 145 / 사랑이면 될까? 147 / 가슴이 아파 운다 148

2018년 8월 | 새로운 길

해안가 풍경 150 / 조약돌 두 개 152 / 조약돌 무덤 153 / 갈래 길 155 / 도깨비에 홀렸나? 156 / 아름다운 마음의 길 159 / 저녁 식사 후 풍경 161 / 그렇구나 162 / 새로운 길 163 / 설렘 165 / 하늘에서 그려 준 아이 166 / 모든 게 하나 169 / 비닐 봉다리 171

Part II

상상직업 174

2022년 | 사랑초

사랑초 178 / 짝사랑 179 / 사랑하려면 182 / 사랑인가 봐 184 / 너란 사랑 186 / 그만 날 잊어 줘 188 / 한 사람을 위한 사랑 190 / 안녕 192 / 아픔으로 남지 않게 194 / 너라서 196

2022년 | 일반초

까만 공간에 200 / 똥구멍에 볕이 202 / 꼬르륵 204 / 어느 날은 205 / 자리 206 / 누군가 207 / 차례 209 / 운명 211 / 알 수 없는 곳 212 / 행복 삼키기 213

2022년 | 자유롭게

그 겨울 햇살 216 / 기다림 217 / 산 구름 219 / 영향에 대하여 221 / 까만 밤 222 / 의자 223 / 길 224 / 봄 나들이 225 / 꽃바다 226 / 어스름 마음 227 / 사랑보다 좋은 건 없어 228 / 칭찬 229

Part I

시간여행

햇살이 따사롭다가도
구름에 가려져 시원하고
바람이 살랑살랑 막바지
상큼한 봄향기를 데려온 하루

어느새 아이의 두 팔에
안기지 않을 만큼 커 버린
아주 오래전 친구
교정 뜰 작았던 나무 한 그루

모내기를 준비하는 농부와
응원하는 맹꽁이의 하모니
아지랑이 하늘거리는
길에 핀 꽃들과 추억 한 모금

오월 끝자락 한적한
동네 길 저편 산에 오르며
매미 소리를 따라 걷던

검정 고무신 옛 아이들 한 무리

나 꿈을 꾸던 어릴 적
남겨진 추억들이 내리는
고향길을 다녀오는 길
나만의 그리운 풍경의 시간여행

그냥 참 좋았다

그는
사람에 대한 편견과 선입견을 내려놓으라
타인의 평가로부터 자유로운 실력을 갖추라
자신의 삶을 스스로 알아서 개척함이 맞다
누구와 맞서더라도 견디는 내공을 쌓으라
말하고 있다

자신이
옳다고 고집하는 아집을 버려야 한다
세상을 바라보는 눈을 아름답게 하여 감동하라
이 세상은 혼자 살아갈 수 없으니 타인과 함께하라
두 팔 벌려 세상을 있는 그대로 부르라
말하고 있다

그가
말하고 있는 것이 무엇인지 모두 알 수는 없었다
그냥 그가 있어서 참 고맙고 그냥 참 좋았다

2018년 6월
바다가 들려주는 이야기

바다

나는 바다다.
나는 많은 것을 품고, 주고, 안고, 기억하고 간직한다.

사람들의 웃음, 추억, 그리움, 손맛, 재미, 즐거움,
사람들이 버린, 빼앗긴 물건들, 끊임없는 소용돌이, 용암.

때로는 잔잔한 너울거림으로 고요함을, 거친 파도로 경고를, 성난 파도로 세상을 덮기도 하지만 추억과 위로가 필요한 이들에겐 자비를, 상처로 얼룩진 세상엔 부드러운 생명을, 무엇이든 필요로 하는 것을 주기도, 또 무엇이든 필요한 것을 가져가기도 한다.

쓰레기 무덤을 다녀온 이에겐 나쁜 경험, 아름다운 풍경을 본 이에겐 좋은 추억, 성나고 거친 파도를 본 이에겐 공포, 한없이 내어 줌을 경험한 이에겐 너그러움, 고요하고 따스하고 잔잔함을 보았던 이에겐 편안함, 아무 생각 없는 벗에게는 그저 맹물 같은 맹탕으로 기억되기도 한다.

나는 알고 있다.

사람들이 무엇을 원하고, 무엇을 노리고, 무엇을 기대하고, 무엇을 버리고, 무엇을 보고, 감상하고, 얻고, 듣는지 그 모든 것을 알고 있다. 그리고 그런 나를 사람들은 잘 모른다.

너에게 묻다

너에게 묻다
넌 무엇을 원하니?

진정 그를 만나게 된다면 행복해질 수 있는 건가? 과거의 인연으로부터 자유로워질 수 있는 건가? 그들이 내 마음을 알아주고 고생했다 말해 주면 지금 느끼는 그 고독감을 떨쳐 낼 수 있는 것인가? 죽음에 대한 두려움인가? 삶에 대한 두려움인가? 도대체 무엇이 이토록 고독감을 준다는 말인가! 지나온 과거를 지우고 싶은 것인가? 그 과거로부터 용서를 받고자 하는 것인가? 넌 진정 무엇을 원하는 것인가?

명성? 부귀? 권위? 무엇이란 말인가!

삶의 뿌리를 어디에 두어야 한단 말인가? 아무것도 생각하고 싶지 않은 것인가? 아무 질타도 책망도 받고 싶지 않은 것인가? 자식을 위하는 것이 무엇인가? 진정 사랑하는 이들과 생을 같이 한다면 고독으로부터 벗어나 행복할 수 있는 것인가? 지금까지 무엇을 위해 살아왔단 말인가! 생업 전선에서 사람들과 경쟁하며 즐거웠던가? 그 모든 것을 스스로 내려놓았음에도 뭐가 문제란 말인가?

꿈 빛깔

멀리 보이는
희미한 도시 풍경
서 있는 잿빛 빌딩 숲
가로놓인 초목
잎이 풍성한 나무
엉클어진 잎 사이로
선홍빛을 머금고
메마른 나의 마음에
아름다운 빛깔이
반짝이듯 스며든다
햇살처럼 노란
그 빛깔이

그

항변할 수 없었다
그저 고맙기만 했다
왜냐하면
그가 옳았기 때문이다

다가갈 수 없었다
그저 미안하기만 했다
왜냐하면
부끄러웠기 때문이다

미워할 수가 없었다
그저 사랑스럽기만 했다
왜냐하면
마음을 들켰기 때문이다

편백나무

편백 숲 오솔길에 여기저기 편편히 놓인 평상
시원스레 뻗어 올라간 편백 기둥들에
듬성듬성 남은 민둥 가지들이 애처롭구나

남들보다 자라지 못해 빛을 가지지 못하면
나무 전체가 고사되기에
어렸을 적
함께 놀던 동료는 그늘에 버려둔 채
새로 뽑아낸 아이들을 데리고 키를 높였구나

얼마나 서둘렀는지 이쑤시개마냥 가냘픈 몸
탄탄하게 자란 옆 지기와 어깨를 맞댄
이들은 산들바람의 손짓에도 위태롭구나

기둥이 거추장스럽게 떨어낸 가지들과
너의 지난날의 잎들은
언제인가
쓰러지고 베일지 모르는 제 원줄기

바닥에서 부모 잃은 편백들을 지키고 있구나

인생 차

덖어 제다한
인생 차 마시고픈 날
말이 말아져 글이 된다
머리에
오지랖 마음속에

침묵은 금이고
말은 동구리인데
제 문 박차고 나온 글들은
펼쳐져 제 갈 길 간다
아랑곳없이

산촌 풍경

한나절 걸어야
겨우 닿을 수 있었던
옛적엔 가난하고 배고픈
삶을 살아가는 사람들의 것이더니

천 리 만 리 길이
채 한 시간도 안 되는
지금은 여유롭고 넉넉한
삶을 살아가는 사람들의 것이더라

산에 에워싸인 외딴 고요함과
티비 속 포근한 산촌 풍경!

그 시절 산촌은
가난한 이들의 탯줄 젖줄 무덤이더니
이 시절 산촌은
넉넉한 이들의 여가 휴양 훼손이더라

고독

딸그락

탁탁 쿵쿵

삐그덕 쾅

또각또각 또각또각

박자 맞춰 사라진다

이제는 조용해지나?

하늘을 가르는

전투기 굉음

채소장사 확성기 소리

옆집 개 짖는 소리 약해진다

이제는 조용해지나?

나무 쪼는 청딱다구리

풀숲에 누운 찌르레기

밤을 울리는 고라니

나뭇잎을 쓰는 바람들 고요해진다

문득 남겨진 고독을 알게 된다

수국^(守國)

부패한 나라 지키려 파란 별 되었다
미끄덩거리는 땅이 좋아 붉게 멍들었다
하이얀 안개꽃
뽀이얀 메밀꽃을 모두 빛낼 수 있고
초록 빛깔 들판
선홍색 양귀비꽃을 그려 넣을 수 있는 순백의 캔버스
'수국 꽃'이 되어야겠다

그리하여

십자가 사랑
사색가의 철학
해골 물의 깨우침
옛 성인들이 가르쳐 준 그 귀한 중용 따라
깨끗한 맘으로 정직한 길을 가고프다
아주 혼이 나더라도

넋

그리움에 사무쳐
허공에 뜬 넋 부여잡아
곁에 두려 시 썼어라

이 말 저 말
하세월 풍월 읊조리니
봄눈 녹듯 그리움 흐물거리고

시구에 취해 버린
그놈의 넋은 아무 때나
변덕쟁이 애기씨마냥

개울지나 강물 되어
멀어지는 그리움 그리워
허공에 뜨더이다

흘리옵니다

밥 줄어 밥 먹다 눈물 흘리옵니다
삶 줄어 삶 먹다 눈물 흘리옵니다
여보게 여보게 좀만 더 주시게
고단한 인생에 눈물 흘리옵니다
허망한 인생에 눈물 흘리옵니다
사랑아 사랑아 어서 나타나시게
글 보다 글 쓰다 눈물 흘리옵니다
야속한 사랑에 눈물 흘리옵니다
내 님아 내 님아 어서 어서 오시게

절망^(絶望)

세상에 나고 지는 인생들이 뿌려 놓은 어둠
발아하여 바람 타고
비에 씻겨 내려온 성령들의 눈물가에 뿌리내려
정지한 삶의 기억들을 먹고 자라난다

발길 닿는 대로 걸어 봐도 찾을 수 없었던 이녁은
어느새 나그네들의 행적 속에 몸을 감추고
이제는 입을 수 없는 혼이 되어
영원한 침묵의 그늘에 가려진다

빛 한 줄기의 힘을 빌어
사그라드는 몸을 붉게 일으켜 세우고
다시 길을 걷는 희망이 어느새 인도한 곳은
그리도 두려웠던 삶의 끝자락이었다

물의 지휘자

동트는 새벽
찬바람이 내린 산속
꽃망울에 맺힌 이슬의 청아함

지저귀는 새들의 쉼터
작은 숲속 옹달샘이 품고 있는 싱그러움

단풍나무 아래
흐르는 개울물이
우수 젖은 낙엽을 싣는 고독함

해맑게 미소 지으며
물장구 치는 동심을 보듬는 시냇물의 경쾌함

드넓게 펼쳐진 평야를 가르며
금빛 물결 일으키는 강의 풍성함

바위에 부서져 떨어지고

흩날려 장관을 이룬 폭포수의 웅장함

그 물길이 담은
자연을 지휘하는 자!
그대의 영원한 안식처는 큰 바다!

물

물은 어느 곳에나 있어요
옛적 우물가의 빨래터
명품 옷을 맡긴 세탁소
단오의 청포 속
한겨울 화장실의 샴푸
임금님의 욕실
등목하는 수돗가
맹꽁이 살고 있는 농부의 논
뙤약볕 아래 냇가의 물장구
사시사철 수영장
생명체의 몸에

물은 모든 것을 보았어요
옛 아낙의 깊은 한(恨)
현대 아낙의 회한의 눈물
연못에 도끼 빠뜨린
여체 훔쳐보는 사내
로마 황실의 목욕탕

초호화 유람선

양수기가 뿜어낸 농부의 시름

어느 가나 어린이의 꿈

오아시스의 생존

남녀의 몸을

물은 많은 것을 들었어요

예나 지금이나 아낙의 시집 식구 지아비 원망

선녀탕과 우물 곁 나무꾼의 설렘

약자에게 살수차 겨누는 권력

강자의 탐욕

갈라진 논바닥 농부의 한숨

족대가 건져 올린 동심

아프리카의 생존

욕실 속 대화를

물은 모든 것을 말하고 있어요

온 누리에서 온 수(水)가 만나 바다가 되고

태풍이 쓸어 담아 온 육지의 이야기들과

바다에 내린 꽃비의 경험들을 더해

희로애락

생로병사의 메시지

푸른 구름에 실어 띄우려 부르고 있는 노래로

추풍령

옛날 사람들
과거 보러 가는 관문 문경세재
급제한 어사 행차가 지나기도 했다

어려운 시험 합격하는 길이라서
험준해도 수험생 많이 지난 길
후손들은 극기훈련하러 온다

아름다운 산등성이
휴양림 품고 사시사철 절경 또한 뛰어나
후손들은 무리 지어 여행 온다

옛날 과거 수험생들 피한 추풍령
낙엽처럼 떨어진다 하여 피했다
과거인들
과거 보러 가는 문경세재
과거인들
미래 보러 가는 추풍령

미래를 볼 줄 아는 것이

현명하기에

후손 수험생들은

추풍령을 가야 한다

근원의 땅

바람에 몸을 싣고 얼마를 날았을까

허공에 떠 있는 티끌 하나 내려앉아 도착한 곳은
내 마음 어느 한 점
지난 시간 동안 와 보지 않았던
그러나 익숙한 곳
자연이 지키고 여신이 반기는 근원의 땅
수많은 별들이 수놓인 어둠에서 겨우 찾아낸
그나마 쓸모 있는 곳
그러나 가장 중요한 곳

각종 음모가 도사리고
그들을 막아 내고자 많은 영혼들이 스러져
또 하나의 별이 만들어지는 별

별 하나 뜰 때마다 내 마음은 더 넓어져야 한다

그러기 위해서는 마음을 관장하는 힘

모든 감정들을 끊임없이 집어 삼키고

또 모든 감정을 생성하며

구석구석에서 몸집을 키우는

소용돌이의 허락을 맡아야 한다

한옥 마을

도시
숲속 풍경 같은 한옥 마을과
처마 길게 늘인 고택 보니
고향에 온 것처럼 편하고 정겹다

옛날
고풍의 기와집 한옥에서
은장도 품고 수놓으며
얌전하게 사뿐사뿐 걷던 양반 댁 여인

성냥갑 같은 아파트가 답답하여
운명에 이끌리듯 옛집을 찾은 걸까?

눈 수북이 앉은 장독과 앞마당
고드름 달린 처마 말캉 토방이
옛 추억의 시골 기와집이 그립다

그리운 날들

장난기 많았던 너
어느새 그렇게 커 버렸니
칭얼대던 니가 그리워 너무 그리워
야속한 마음 놓을 수가 없구나

조금만 먼저 알았더라면
이렇게 가 버려 다시 못 볼 그때가
그토록 소중한지
조금만 일찍 알았더라면

웃고 장난치던 니가 귀여워
함께 웃다가 울던 그날이
다시 못 올 그날이 사무치게 그리워
억장이 무너져 눈물이 멈추지 않는구나

고택

지붕이 찢기고
마루들이 벗겨져

낡은 기왓장들만 남았다
드러난 누런 흙살에 묻힌 채

이곳에 살았던
비 젖는 마음들 어떡하니…

간월도

서해의 신비로운 섬 간월도
무학과 만공이 수행한 암자에
소녀가 살고 있더라

소녀를 탐내는 야차의 방해로
낮에는 뭍이 되고
밤엔 섬이 되는 간월암

그곳을 지키는 장승들
풍화에 낡아
애틋하고도 멋스럽구나

무엇

무엇이 된다는 것은
기대하는 무엇이 되는 것
기다리는 무엇이 된다는 것
바라보는 무엇이 되어 가는 것

원망하는 무엇이고
야속해진 그 무엇이며
사랑해야 하는 그 무엇입니다

그냥 그 무엇입니다
그 자체로

함초

해풍을 먹고 자라는 너
마디가 튀어나와
퉁퉁마디라지

짙은 녹빛일 땐
여기저기 돌아다니며
몸의 곳곳에 있는 장기를 돌보고

가을엔 홍적색 원피스를 입어
그리움에 젖은 고독한 이들을
찾아 나서는 게로구나

그리해 다오
폐 질환에 아파하는 이들에게
붉은 피 같은 맑은 사랑 주려무나

샌드위치

울 수 있을 때 울자!

눈물 흘리면
더 숙성되어 단맛 내고
윤슬처럼 빛나는 은빛 삼발이 거쳐
속살 노랗게 드러낸 단호박 되니

그 눈물에
묵은 때 깨끗이 씻고 나면
지난날의 아픔들은 모두 잘게 잘려
백홍의 양배추와 파프리카 될지니

외래 도입품인 마요네즈와 케첩도
말라 버린 포도도 마음껏 받아들여
눈앞에 펼쳐진 순백의 세상에 나가자

노란빛 물결과 함께
서로 어우러져 샌드위치 되고

당뇨로 고통받는 이들에게
도움 주는 삶 살아 보자꾸나

지식인

정말 귀엽고
예쁜 마음을 가진 이를
은애하고 싶어서 열심히 둘러봐도
영원히 찾지 못할 것 같았어

사랑은
내게 오지 않을 것 같았기에
낭떠러지에 떨어지는 것처럼 맘 아플 때
해가 비추며 말하길

너만 사랑하래!

추모 (追慕)

한 세상 잘 살면서
하늘 곁에 섰다 간 그대여!
넋이라도 달래고 가시구려

만장(輓章)하나니
붉은 한 맺힌 것 있다면 내려놓고
후련한 맘으로 가시구려

죽어서도 영이 되어
사랑하는 조국
그대와 내 대한민국을 지켜 주소서

사랑이 가르쳐 준 것

넓은 세상에는
부자가 많이 있다네
자신의 주변보다
재물이 많은 사람
도와주고 싶은 마음이
그득한 사람

넓은 세상에는
가난한 이도 있다네
가진 것이 없는 사람
죄를 짓는 사람
자신이 제일인 줄 알고 있는 안다니

탐욕 기망 시기하는 마음만 없다면
그들 모두 세상을 아름답게 가꾸는
필요한 존재이고 인정받아야 하는 걸
가장 빛나는 사랑이 가르쳐 주었네

흑심

흑심은 검은 물질
변덕은 은하일까?
흑심이 있는지 없는지는
사람들이 변덕 부리는 것을 보면 알 것 같네
흑심이 변덕을 일으킨다고 본다면
변덕과 흑심의 관계를 살펴보고
어떤 변덕인지 알 수 있을 것 같네

흑심이 없는 변덕도 있을 수 있네
그땐 변덕이 다른 변덕을 부르는지
변덕이 그냥 생기는지 봐야 하네
흑심이 변덕을 만드나?
변덕이 다른 변덕을 만드나?
아니면 변덕이 그냥 자연스레 생기나?

분명한 것은
흑심은 잘 보이지 않기에
마음에 흑심을 품고 있다면

그것은 여간해서 드러나지 않네
사랑이 진짜인지 가짜인지 묻는 것과
흑심이 있는지 없는지 궁금해하는 것이
어찌 그리도 닮았는지 신기하기만 하네

내 고향 산촌

산골짝 감싼 소소리 봉우리를 이어 붙이는 간짓대 걸쳐 놓고 메주 엮
어 달던 모습도 곶감을 매달기도
빗물 떨어지는 구름도 빨래도 산새도 바람도 쉬어 가던 그곳은 묵빛
펼쳐진 내 고향 산촌

메마른 벌판에 솟아난 기둥 파란 꿈 안고서 이어달리기 바통을 떨구고
줍던 아이
짝도 자식도 떠나보낸 외로운 기러기 구슬피 울며 드높은 창공을 날던
그곳은 하늘빛 펼쳐진 내 고향 산촌

배 곯던 아이가 숟가락 들고 이밥을 먹고 밤낮 구분 못하고 뜰에 나가
기던 모습
삐걱거리는 바퀴 달고 빛바랜 수레처럼 구슬땀 흘려 가며 밝을 날 꿈
꾸던 그곳은 황금빛 펼쳐진 내 고향 산촌

서산에 물들고 차갑게 식은 태양을 잡으러 먼지 나는 신작로 뛰어 사
라지던 모습
그림자 만들며 리어카 끌던 고단한 삶이 세월의 아궁이에 장작불 지피

던 그곳은 앵둣빛 펼쳐진 내 고향 산촌

온 세상에 내린 눈밭에 뛰놀던 어린 아이가 나무 끝에 걸린 방패연 바라보던 모습
구수한 장 담긴 장독을 바라보던 아낙이 뚜껑에 수북이 내린 눈 쓸어내던 그곳은 백설로 그려진 내 고향 산촌

상처 입은 작은 벌 한 마리가 길 잃어 쉬다가 향기 찾아 날아가려 안간힘 쓰는 모습
아픔의 선들이 켜켜이 쌓여 굳은 여인이 떨어지는 빗방울 손 내밀어 잡던 그곳은 맑은 물 펼쳐진 내 고향 산촌

숨바꼭질

졸졸졸 개울이 흐르는 따스한 낮

잔디 깔린 작은 공원에서

디딤돌 밟으며 뛰놀고 있는 아이들

무궁화 꽃이 피었습니다 노래한다

넘어지고 일어나고 까르륵거리며 신난 아이들 틈바구니

하얀 강아지 한 아이도

덩달아 신이 나 깡총깡총 열심히 달린다

한 소년이 술래 되고 꼬맹이들 흩어져 숨는다

소년이 등을 돌리자 긴장으로 숨죽인 공원

잔디도 나무도 덩달아 숨을 죽인다

지저귀던 새도 노래 멈추고

흐르던 개울도 조용히 소리 낮추던 그때

찾았다! 와~

아이들 함성이 조용하던 공원 곳곳에 울려 퍼진다

잔디도 나무도 새도 안도의 숨을 쉬고

멈췄던 개울도 다시 노래 부르며 흐른다

꼭꼭 숨어 있던 꼬맹이들을 못 찾아

눈물 글썽이던 소년을 도와준 이는 바로 강아지다

소년의 둘도 없는 단짝친구

노여움을 산 연인

아기자기 한 쌍의 잉꼬 연인 노닌다

밝게 웃는 연인이 참으로 아름다워 품어 주고 아낌없이 주고 싶은 맘
이 샘솟아 그들을 지키려 따라 나선다

웅덩이 만나 첨벙거리며 장난치고 초록빛 수놓인 풀숲
새로 난 햇살빛 오솔길 따라 두 손 꼭 잡고 걸어가는 연인은 여전히 예
쁘고 사랑스럽다

그러다 어느 작은 강가에 다다르고 낚시하는 연인을 보자 그의 마음에
어둠이 드리워져 따사롭고 정겹던 풍경이 잿빛으로 펼쳐진다

다정하게 들리던 여인의 웃음소리는 어느덧 날카로운 소리로 변하고
강둑에 내팽개쳐진 물고기들의 선혈이 모래밭을 적시자 그는 분노한다

그는 강둑을 성난 파도처럼 걸었고 발길이 닿는 곳마다 물을 막고 있던
제방이 흐물거려 거칠어진 물살에 모래알처럼 산산이 부서져 내린다

호들갑을 떠는 비명이 들려 돌아본 그의 눈에 여인을 안아 올린 한 사내가 무너져 내리고 있는 틈을 힘겹게 오르는 모습이 들어온다

둘 다 벗어나기란 불가능했던 터라 여인을 먼저 올려 보낸 사내는 몸이 잠겨 탈출을 시도하지만 성난 물은 그를 쉽게 놓아주지 않는다

흘러내린 모래와 함께 잠기는 사내의 모습에 그의 마음이 동요되고 손을 내밀어 사내를 제방으로 올려 준 뒤 조용히 흘러 그 자리를 떠나간다

지금 이 순간

꼬리를 단 방울 한 개가 중력에 순응하며 대기와 만나는 순간 세상에는 새로운 일들이 있었을 것이다. 산부인과에서 누군가는 울음을 터뜨리는 중이었고, 누군가는 막 마지막 날숨을 뱉고 영면하기도 했을 것이다. 어느 아이의 열린 성장판은 뼈를 밀어 올리고, 백발의 노인은 연골이 닳아 더 작아졌을 것이다. 나무 한 그루가 나이테 하나를 만들었을 것이고, 한 호미는 토양 알갱이의 두 접점에 닿았을 것이다. 이름 모를 풀벌레가 초록빛 잎에 알들을 낳았을 것이고, 어느 인부의 구슬땀이 그의 얼굴을 막 뚫고 나왔을 것이다. 어느 곳에서는 총탄이 총신을 떠나고 있었을 것이고, 누군가의 손가락이 키보드 엔터 키에 닿는 순간이었을 것이다. 어디서는 한 인간의 마음이 설레기 시작했을 것이고, 또 어디서는 슬픔의 눈물 한 방울이 맺혔을 것이다. 누군가의 몸에 돋아났던 가시의 그 깊고도 깊었던 뿌리가 뽑혀 사라졌을 것이고, 더러워진 머리카락이 세면대의 수도꼭지를 열게 하자마자 길을 내며 떨어지는 첫 물방울이 생겼을 것이다. 그 맑고도 깨끗한 한 방울의 물처럼 누군가가 떠올라 살아날 지금 이 순간.

2018년 7월

인간관계

보랏빛 노을

그 누가 붉어야 노을이라 말하는가
오늘은 하늘에 보랏빛 노을 피나니

세상만사
운칠기삼이라 하더니만
노력해서 보랏빛 노을이 보이겠나

노을도
붉게 물들지 않을 수 있으니
붉게 피어나야 꽃이고 사랑이던가

시로 말해 줘

시로 얘기해 봐
장난이든 진심이든
상처 주지 말고 마음을 담아
싫다고 말해 줘!
아파하지 않도록

시로 얘기해
장난이든 진심이든
때리지 말고 마음을 담아
시로 얘기를 하자
아파하지 않게
시로 말해 줘

장난치며 더이상
상처받은 마음 숨기지 말고
이제 그만 얘기해 줘
싫다고 얘기해 줘

인간관계

비가 억수로 와서
모두 떠내려가도 집은 남으니
이불도 수저도 가구도 잃어버렸다고
슬피 울지 마오

곱게 내놓은
세간살이 가랑비에 흠뻑 젖어
못 쓰게 되더라도 울지 마오
그곳에 다른 인연 채울 수 있나니

인생

한번 발을 디디면
물러서지 못한다
아래로 떨어지거나
밀고 가야 되는
외로운 '나'가 무조건 가야 하는 다리

누구든 소설을 지어야 건널 수 있고
그러다 문득 몽당연필이 되어 버린다
그래서 다시 돌아갈 기회가 없는
그리고 다시 돌아가고 싶지도 않은
지워지지 않는 인생의
외나무다리

세상의 빛이 되자

높은 하늘을 날다 방울 되어
바닥에 떨어지는 운명이더라도 받아들여
볼리비아 우유니 사막 소금호수에
푸른 하늘과 흰구름 띄우고
세상을 맑게 수놓으며 깨끗하게 살아가자

숨골로 들어가 암흑의 지하에 스며
오랜 시간 동안 빛을 보지 못하고 떠돌아도
이 세상 곳곳으로 뻗어 나가
귀한 생명수가 될 수 있도록
심신을 정갈하게 지키며 정도를 걸어가자

깊은 산 외딴 숲의 작은 샘에 솟아
호랑이가 건넜다던 옥빛 물의 협곡
세계 제일의 풍경인
중국 호도협의 계곡으로 흘러 들더라도
가난한 이들이 쉴 수 있는 안식처가 되어 주자

불어오는 바람에 사막의 분홍빛 꽃 되고
새소리와 물소리 적시는 눈물로
늪에 허우적대는 빛으로 남아도
외로움을 견딘 킬리만자로의 하얀 만년설 되어
절망에게 희망을 주자

세렝구에리우의 삶의 터전이 되었던 곳
자연이 숨 쉬는 지구의 허파를 감싸며
작열하는 태양에 끓어도 고요함을 유지하는
세계 최다의 담수 아마존 강이 되어
약자들을 감싸자

브라질에서 발원한 이과수강이
파라나 고원의 가장자리 낭떠러지에 다다르고
산산이 부서져 흩어진다 하더라도
주저 없이 나아가며 '큰물'이 되듯
주어진 길을 묵묵히 가 보자

그렇게 세상을 누비다 하나로 만나
모두 다 용서하고 품어서
부드러운 모래와 사파이어 빛깔이

눈부신 풍경을 빚는 멕시코의 마야 유적지
툴룸의 바다에서 세상의 빛이 되자

평생의 일

세상에는 일이 아닌 게 없다
볼일 보러 화장실 가고
볼일 보러 은행에 가고
볼일 있어서 잠깐 앞에 나가고
볼일 있어서 누군가를 만나고
볼일 보러 볼일 있어서 오고 가고
온통 매일 하고 있는 일들이다

가장 중요한 건
평생 할 수 있는 일을 찾는 것
사랑을 만드는 일은 평생 해야 하는 일

인간이 말하는 행복

꽃은 행복하지 않다 말하는 것은
행복은 사람이 느끼는 감정이기 때문이다
자연에서 사람은 다리가 있어 여기저기 다닌다
꽃은 때가 되면 피고 열매를 맺고 지는 것이다
꽃이 여기저기 다녀야 한다면 꽃이 아니다
인간의 관점에서 움직이지 않는 것이
고정되었다는 생각에 고정은 불행이요
움직임은 행복이라는 아상(我相)을 낳게 된다
꽃의 입장에선
돌아다니는 인간이 이상하고 불행한 것이다

고로 자연에서 행복한 것과 불행한 것은 다름이 없다
자신의 운명을 받아들이고
주어진 생을 열심히 살다 가면 되는 것이다

몸을 움직이지 못하는 꽃이든
생각이 움직이지 못하는 사람이든 말이다

거미와 곤충

거미줄에 걸려 있는 곤충을 보았다
아등바등 발버둥치고 있어 구했다
곤충을 구했더니 거미가 불쌍하다
굶어 죽을 것 같아 괜히 미안하다
거미 굶으라고 곤충을 구한 게 아니다
죽어 가는 곤충이 불쌍해서 구했다
날아가지 못하는 잠자리를 보았다
거미줄에 던져 주고 나서 생각한다
잠자리를 해하고 거미를 생한 건가?
그냥 자연에 간섭했다는 걸 알았다

모두 내 욕심에서 비롯된 것이다

너와 있을 때

니가 엮었는데
이쁘데이 우리 인연
듣고 보니까 그렇데이 우리 사이
내가 그러려고 했어
내가 이사하고 싶었어
옥탑방
옥탑방에 살고 싶었어
니가 혼자니까 그러고 싶어서
같이 살자고 얘기하는 남자와
같이 살고 싶었던 여자 사이

너와 있을 때!
그냥 너랑 있고 싶을 때

물의 고견

사람이 술을 마시는 게 아니라
술이 사람을 먹을 때가 있어요
사람이 물을 마시는 게 아니라
물이 사람 몸속을 적셔 가는 것이고요
식물이 물을 흡수하는 게 아니라
물이 도관을 따라 올라가는 것이지요

나무 꼭대기의 잎까지 오른 물
나무를 마신 것과 다름없지요

헛발질

거대한 육수통에 멸치가 가득하고
요리사들이 건져 가 요리를 하네요
맛을 내는 멸치들은 어느새 동나고
요리사들의 발길도 하나둘 끊깁니다
그녀가 레시피 수집을 좋아하기에
그는 뒤늦게 요리에 관심을 갖게 되었고
몇 안되지만 남은 멸치를 건져 내고
배달되어 온 적육을 받아 들었네요
자격증을 소지해야 요리할 수 있는 고기가
무자격의 그에게 온 거예요
우여곡절 끝에 요리를 하긴 했지만
난처한 일이 그에게 발생했답니다

식탁에 앉아 있는 교양 있는 그녀는
빵만 먹는다는 걸 몰랐던 겁니다

추억의 별

젖은 눈빛
어두운 얼굴
걱정과 안타까운 마음
남겨 놓고 간 그대
짧지 않은 세월
같이 보내 준 것만도
내겐 고마움이고 행복이었습니다

꿈에 다녀가도
회상되어 마음에 머물러도
빗물로 흘러 눈에 고여도
문득 머리를 스쳐 지나가도
좋으니
떠서 반짝일
추억의 별이 되어 주오

삼각관계

한 여자를
한없이 사랑해 주는 남자
다른 남자를
마음에 품고 있는 여자
그녀의 마음을
애태우고 있는 남자

분에 넘치는 헌신적 사랑에
고맙고 미안한 그녀에겐
돌아가고 싶지도
기억하고 싶지도 않은
과거가 있다

사그락 소리에 몸을 기대는
갈대의 빈 속을 채우듯
시리고 아픈 그녀의 마음에
사랑초 한 포기가 자라났다

삼각관계의 소설 속에는

여지없이

슬픔들이 꽃잎 되어 흩날리게 된다

비에 젖기도

바람에 타기도 하면서

사랑으로 담긴다

그대와 나의 마음이
쏟아지는 비에 흠뻑 젖고
끓어오르는 슬픔에 못 이겨
그대는 커피 한 잔 나는 소주 한 병
빗물 흘러내리는 창가에 앉아
아픈 지난 날의 잡념들을 잡는다

국수 가닥처럼 흘러내리는
그날의 찬 비를 손 내밀어
잡아 보려고 했던 그대의 추억
꺼내서 체에 받쳐 놓고 나의 추억
큼지막하게 썰어서 준비해 둔 뒤
커피와 소주를 나눈다

따뜻한 커피와 소주로
끓기 시작한 그대와 나의 마음
지난 추억들은 이야기꽃으로 피고
아픔들은 졸아져 어느새

고소하고 달콤함이 풍기는

사랑으로 담긴다

마음의 중앙선

차가워진 날씨에 몸을 움츠린 공기로 겨울이 성큼 다가온 것을 체감하
고 옷깃 여미며 재촉하듯 서둘러 아침 일찍 출근하던 시절
냇물이 쉴 새 없이 입김을 내뿜어 공기에게 건네 주었던 미세한 물방
울들이 시야를 가로막고 앞에 설 때면

길 중앙에 그려진 노란 선을 따라가며 가야 할 방향을 잃지 않았다

그렇게 도착한 목적지에서 밤새 세콤으로 굳게 걸어 잠가 놓았던 현관
문에 내 존재를 각인시키고 첫 발을 내딛어 들어갈 때의 일과가 시작
되는 설렘
커피 한 잔 타 들고 파라솔 밑 벤치에 앉아 밀려드는 출근객들과 반갑
게 인사하며 일상을 열었던

그 시절은 다시 가고 싶지 않은 잿빛 추억으로 남았다

인생의 또 다른 길을 걷는 지금은 여름
추위에 잔뜩 움츠러들던 마음에 안개가 드리워졌고 뿌옇게 변해 눈앞에
우뚝 선 길을 마주했기에 지난날에 새겨 왔던 다짐을 다시 꺼내 본다

눈앞이 캄캄하고 아무것도 보이지 않을 땐 옳은 길을 가는

마음의 중앙선을 따라가야 하는 거라고
초겨울 출근길의 그날들처럼

건강한 사랑

칭기즈 칸 히틀러 나폴레옹 진시황
물질적인 사랑을 추구했던 사람들
영토 전쟁을 초래한 욕망의 늪에 빠졌던 게지요
고고 도도 고독 예민함의 휴 그랜트
바람둥이로 소문난 영국 유명 배우
깨끗하고 정신적인 가치를 추구했다고 하지요

많은 이들을 희생으로 내몰았고 자신들도 욕망에 사로잡혀 파멸한 물
질적 욕구 충족과 스캔들에 시달리며 진짜 사랑하는 사람을 찾고 행복
하게 살려고 했던 정신적 욕구 충족은

모두 오점이 있지만
정신적 가치의 추구가 개인의 건강과 행복을 위해 낫겠다는 생각에 이
르게 하네요

단
깨끗함이 저변에 있다는 전제는 해야겠지요

바뀌는구나

피어나는
향긋한 글 내음에 취해서
정갈하고 싱그러운 시를 적어 놓고
잠겨 있던 마음을 열어 세상을 보니

슬픔이라 써 놓고
기쁨으로 읽는다

포근하고
밝게 웃던 그대의 미소로
희미해진 마음을 환하게 밝혀 놓고
말랑해진 추억을 더듬어 내려가니

눈물이라 써 놓고
웃음으로 읽는다

잿빛 소설
쓰다가 닳은 몽당연필로

담백하고 선명한 그림을 그려 놓고
다시 한번 새롭게 다짐을 새겨 가니

아픔이라 써 놓고
설렘으로 읽는다

잡초

나도 좀 살게 해 주오
어둠을 뚫고 나와보니 여기였다오
이곳이 좋아서 전국을 찾아 헤매다
눌러 앉은 게 아니라오

물살에 씻겨 나가지 않으려고
바람에 뽑혀 나가지 않으려고
비질에 쓸려 나가지 않으려고

사력을 다해 버틴 것이
그대의 눈 밖에
나는 것인지 나는 진정 몰랐다오

내가 만약
저 푸른빛 고원으로 갈 수 있었다면
그리했을 것이고
산새들 지저귀고 물소리 흐르는 곳을
삶의 터전으로 둘 수 있었다면

그리 했을 것이라오

나도 그대를 만족시키는
예쁜 꽃을 피우고
그대를 웃게 해 줄 향기를 내고 싶소

그러나 나의 운명이
그대의 눈총을 받고도
삶을 유지해야 되는 것임을 알았고

그 운명 받아들여
그대가 살고 있고
딛고 서는 집 앞 디딤돌이
퍼붓는 비에 쓸려가지 않도록
뿌리내려 틈을 메꾸고 있는 것이라오

인간이여!
그대가 눈엣가시라며
뽑아 버리지만 않는다면
여기에 그냥 잡초로 남아
그대가 사는 이 세상을

나도 살다 가게 해 주오

기구한 삶

그대가 이곳에 있을 줄이야

얼마 전까지만 해도 푸르름을 뽐내는

초록빛 나무 꼭대기에서 머리들 중 하나

불어 닥친 세풍에도 당당히 맞서 싸웠으며

틈만 나면 그대를 쪼려 공격하는 부리의

날카로운 공격을 받고도 살아남아

시원한 바람과 따뜻한 햇살 아래

한 인간의 기대를 받으며

금빛 물결의 장관을 이루고

축제의 주인공이었던 그대

그대가 인간에게 베이고

쓰러지고 말려지고 찢어져 오랜 시간

어둠 속에 갇혀 있다가 다시 빛을 보자마자

벼락을 맞아 살이 벗겨지는 고통 속에서도

숨막힐 듯 찌는 열기를 견뎌 내고 나니

일면식도 없던 이들과 벗이 되고

뒤섞여 잡채밥이란 이름으로

내 앞에 다시 오게 되었으니

그대도 참 기구한 삶이구려

계곡물

찜통 같은 어느 여름날 휴가객들이 돗자리 들고 피서 가서 과일 담그고 몸 적시는 깊은 계곡의 시원한 물

첩첩산중에 터 잡은 푸른 초목들이 삼삼오오 모여 천상수 안고 있다가 세상에 흘려보내 주는 고마운 선물

갈 곳 없는 산새들과 작은 동물들이 찾아와 해갈하고 노닐며 쉬게 해 준 숲속 옹달샘에 감사하며 흘린 약물

득음하려 피나게 수련하는 명창을 심심히 응원하며 깎아지른 절벽에 몸을 던져 흩뿌려진 아름다운 명물

목욕하러 내려온 선녀와 한 사내가 노루의 보은으로 사랑을 이루고서 가약을 맺은 전설을 품고 있는 영물

정직을 가장해 탐욕을 숨긴 사내가 산신령의 노여움을 사고 빈손 되어 연못가에 서서 반성하며 흘린 눈물

일상에 지쳐 있던 한 여인이 간만에 휴가 얻어 간 계곡의 수려한 절경에 감동받아 활짝 피어오른 예쁜 꽃물

존경하는 너

너는 조용하다

그러나 한편으로는 집요할 만큼 말이 많다

너는 타인이 듣기 싫은 말을 할 때가 있다

그러나 그들의 허물에겐 말없이 조용하다

네가 말이 많아질 때는 누군가

네가 지키고 싶은 그 누군가의 허물을 보았을 때고 그의 허물을 직접

지적하거나 말하지 않고 스스로 깨닫도록 얘기를 하는 편이다

네가 그러하다는 것을 알아차리는 사람은 너를 멀리하려 하거나 오히

려 가까워질 수 있다

그때

멀어지는 사람은 너도 멀리해야 한다

가까워지려는 사람을 챙기기에도 벅차니까

자신의 허물을 잡아 주는 너를 받아들이는 이는 이 사회를 건강하게

한다

그걸로 충분하다

꿈

아파트 윗동에 그녀가 살고 있다

'위험으로부터 우리 자녀를 보호하자'는 현수막이 나부낀다

어느새 가까이 다가온 그 여인이 말을 걸어온다

아파트 경비실에서 서명을 해 달란다

CCTV 설치를 위해 개인정보를 요구한다며 걱정한다

사내는 주변에 널린 CCTV를 보며 말했다

그들이 원하는 건 우리네 동선이고 이는 그들이 돈을 벌 목적인 거라고

그녀는 고개를 갸웃거리며 섰다

꿈에 덧칠된 현실을 보았다

그곳에서는 모든 걸 하고 싶은 대로 할 수 있어요.

많고 많은 사람들이 피와 땀과 삶을 흘려 일구어 놓은 것들을 자기만의 것인 양 훔쳐 떠나는 사람을 찾아가 나무라기도 하고, 더 가지려고 욕심부리기도 하는 사람을 찾아가 조금 빨리 알았다고 남을 비웃지 말라고, 조금 더 알았다고 남을 무시하지 말라고. 모르고 당하고 있는 누군가를 알면서도 아무 말도 못하는 누군가를 하고 싶어도 방법을 몰라 못하는 그 누군가를 대신해서 나서서 앞장서서 쓴소리도, 호통도, 골

탕도 먹일 수 있습니다.

진짜 친구가 누구인지 가릴 수도 있어요.

알고 있는 비밀들을 혹여나 공개하면 난처해질까 봐 전전긍긍하는 그들이 앞에서는 웃다가 슬금슬금 내빼고 부랴부랴 자기들 허물을 덮으려 아등바등하는 모습들도 모두 지켜볼 수가 있습니다. 평생 마음속에 남아 보고 싶었던 사람을 만날 수도 있어요. 누가 됐든 떠난 이에게 다시 찾아가서 잘못해서 미안하다고 곁에 있어 줘서 고마웠다고 그리고 진심으로 사랑했노라고, 전하지 못한 사무치는 그리움을 마음껏 보여줄 수도 있습니다.

먹지 않아도 배고프지 않고, 입지 않아도 부끄럽지 않고, 자지 않아도 졸리지 않고, 비가 억수로 쏟아져도 젖지 않으며, 가고 싶은 곳을 맘껏 갈 수 있고, 만나고 싶은 사람을 맘껏 볼 수 있고, 돕고 싶은 사람들을 맘껏 도와줄 수 있고, 하고 싶은 말을 맘껏 할 수 있어요.

꿈을 꾸게 되면 말이죠.

시 쓰기

타인의
인생 경험을 바탕에 둔 글을
눈으로 읽어 들여 머리에 품는다

이리저리
굴리고 다듬다가
다른 글과 말과 생각들이 합쳐진다

마음에
간직하고 있던 꿈에 넣고서
지난 삶에서 써 온 소설을 입혀 본다

그렇게
생긴 필름을 눈에 빛을 내어
세상에 영사하듯 시가 되어 적힌다

뿌리 깊은 친구

아래로
더 낮은 곳으로 내려가다가
그 친구를 만나면
올라가고 싶어요

무슨 생각인지
도통 알 수는 없지만
도와야 될 것 같고 지켜 주고 싶어요

뙤약볕에서
애써 가며 얻은 것들을
적당히 필요한 만큼만 소비한 그는
남는 것은 전부
주변에 내놓거든요

마치
그게 없으면
몸을 쓰는 친구가

숨 쉴 수조차 없이
고통스럽다는 걸
보지 않고도
알고 있다 말하듯이요

그러고도
생색내는 법이 없었어요

되려
춥지 않더냐고
덥지 않더냐고
무섭고 외로워서
힘들지 않더냐고
그러면서
자신의 몸까지 희생해도
말을 못해요
아니 안 하는 걸 거예요

싫을 것도 같은데
아플 것도 같은데

몸에 상처가 나면
딱딱하게 굳어진
눈물을 흘리고 있으면서 말이예요

누군가는
종말이 와도 심겠노라고
의미심장한 말을 남기기도 했었죠

뿌리 깊은 친구는 세상과 많은 것을
나누고 있는 소중한 나무와 같답니다

야경 별

어두운 밤에 별처럼 초롱이는 별 하나
야경을 바라보는 눈빛이 불 밝히오

그대가 보고 있는 지상의 별이라면
그대가 서 있는 베란다 불빛이라면

그것만으로도 세상에 채워진 밤의 경치에
행복을 그려 넣을 것이라오

폐지 줍는 할머니

옷도 머리도 모자도 축축이 늘어지는
폭염의 어느 여름날
꽃우산도 없이
땀비를 맞으며 걷는 작은 할머니 한 분
길가에 빈 박스 하나 집어 들어 옆구리에 끼우네
터벅터벅 걸어 가시는 뒷모습이 애잔하네

볼일 보고 나와 횡단보도 앞에 서니
이글거리며 태우는 땅바닥 열기
아스팔트를 흠뻑 적셔 놓고 검은 늪이 되어
누구라도 성큼 내려설 수 없는 길이 되어 있었네
한 발 더 가면 영영 빠져나오지 못할 것 같네

한 사내가 길 건너고 내 눈 따라가니
저 멀리 덩치 큰 카트와 씨름하는
작은 할머니가 흘린 박스들이 디딤돌같이
검은 도로 위에 흩어지고 망연자실한 풍경 놓였네
그 사내 머뭇거리다 가던 길을 멈추어 세우네

모은 것은 많으나 관리 안 된 오합지졸

다시 다 내려놓고 하나씩 정리하니

들리는 신세타령 속 한(恨) 이 더위를 무르며

금세 말끔해진 카트는 할머니께 젊은 미소 주었네

다시 걷는 그들 뒤로 하느님의 은총이 따르네

추억의 안개

잘 뭉쳤던
밀가루 반죽이 비 내린 뒤
가문 날 논바닥처럼 갈라졌다

내릴 비가 없으니
이제는 공갈빵도 단팥빵도 칼국수도
만들지 못한다

그러다 바스락거리고 가루가 되어
세월에
추억의 안개로 뿌려지겠지

다시 장마가 그리워지는 날
보송한 이불이 살을 베듯
아픔을 가져온다

귀가

늦은 밤
등에 등을 하나 들쳐 업고
터벅터벅 고깃덩이를 끌고 가는 곳

털썩 주저 앉힌 짐짝 위로
몽글몽글 하얀 연기가 올라 안식처를 찾는다

살을 나눠 준 세월이 얼마가 흘렀나
굵직해진 목소리가 어깨동무한다
간드러진 몸짓이 칭칭 감겨 오고
웃음꽃 들어 올려 가벼워지니 좋다

검은 방에서 새는 벽창호 빛 눈길질
시름 섞어 숨소리 한바탕 내뱉는다

저 구석에 찌그러져 있던
공갈빵에 영혼을 넣어 부풀린다
그제야 안심이 되고 두 발 뻗게 되는

마음이 귀가한 공간

죽

오싹함 속에 땀방울 송골송골
낙지김치죽 먹고 나니 아픔이 가신다

생각만 해도 매운
캡사이신 연애를 했던 기억에 소름 돋는 여름밤

비가 되어 내리는 땀 안에
마음의 눈물도 섞여 내리고 있다

아픔아 가거라 가거라
제발 이 마음에서 그리움도 데리고서

이상을 구출하다

그는 요구했다
우리가 가야 하는 방향을 제시하라고
한 사내는 글과 말 대신 행동으로 보여 줬다

떠나는 이에게
마음의 짐을 지우지 말라
배척하여 편 가르지 말라
창의력을 위한다면 자유를 주어라
더 무섭다보다 더 좋다 말하라

그 사내는
마음의 짐을 지고 떠났다
배척과 편 가르기에서 떠났다
창의력을 위해 자유를 찾아 떠났다
무섭다는 말을 더 이상 듣지 않게 됐다

사내는
결국 이상을 구출했다

잘 살아 보자구요

바른손으로 어깨 위에 둘러멘 장로$^{(長路)}$ 위에 바른 삶의 짐들이 발맞추어 걷고 있지요

삐뚤어지지 않고 학교도 꼬박 잘 다니며
어른들 말씀 잘 듣고
착하고 바르게 커서 집안일 열심히 돕고
건강하게 살아가며
낳고 길러 주신 부모님께 효도하는 자식
보고 싶으면 언제든 곁으로 달려와 주고 변치 않는 우정과 사랑을 아
낌없이 주며 하늘의 별도 따다 줄 수 있는 일편단심에
달려드는 비를 막지 않고 같이 맞아 주는 친구
사랑하는 내 가족과 이웃들
나라를 위해 기꺼이 아름답고 고운 청춘을 바쳐 가며 낮 밤 주말 없이
조직을 위해 땀을 흘리고 구름 밀어내어 밝은 햇살 비추는 사회인
등골 휘도록 뼈 빠지게 일해도 내색 없이 언제나 밝고 든든하며 믿음
직스럽다가 뒷방으로 물러나도 침묵과 인자함으로 달콤한 사탕을 손
주 입에 넣어 주는 사람

그렇게 바른손에 바른 짐이 들려 있지요
사람들 모두 다 걷는 끝없이 긴 길이지요

그럼 다른 손은?
바른손과 같아야 할까요?
걸어갈 때 오른손과 왼손이 같이 가나요?
우리는 주로 바른손 가지고 잘 살았으니 다른 손이 잠깐 하는 일도 알
아주자구요
호기심이 넘쳐 미운 짓을 조금 하더라도
우수에 젖어 감성의 꽃을 피우더라도
예쁜 낙엽에 홀려 사색에 뛰어들더라도
흰 눈 쌓인 겨울이 외로워 슬피 울더라도 다른 손이 사는 삶들도 인정
하고 상처 주고받지 않으며 잘 살아 보자구요

스스로에게도 타인에게도 그리고 주변 만물에게도 관심과 사랑을 듬
뿍 주면서요

인생의 항로

살아감에 있어

암울이 짙게 내려앉아 사락거리는 좌절감이

우리의 숨을 말아 쥐고 저 깊고 외롭고 음습한 곳에

꽂아 두려 할 때 우리는 탈출해야 한다

옛 선상의 조타수들은

북쪽의 하늘에 떠 있는 북극성으로 어둠에서 해로를

깊은 산에서 길을 잃은 산악인은

나무 밑동에 남은 나이테로 남쪽을 찾았다

나침반과 지피에스가 발달한 요즘도

엔과 에스를 기준으로 삼아서 갈 곳을 찾아가기에

우리네 삶에서도 올바른 방향을 찾는

극점을 두어야 할 것이다

이기심과 탐욕 시기와 질투에게는 노!

온유와 겸손과 사랑에겐 새티스팩션!

즉 엔과 에스로 인생의 항로를 바르게 나아가야 할 것이다

연(緣)

꽃에 다가가는 나비가
꽃을 바라보며 안타까움에 나비라고 외쳐야 되는 마음
바람을 밀쳐 내는 연의 마음도 그와 같을까?

나는 한 개의 연이고 싶었다
창공을 날아올라 저 넓은 세상을 굽어볼 수 있는
줄에 얽매이지 않고 멀리 가고 싶었던 연
바람의 이끎을 말없이 미소 지으며 맞이하고픈 그런 연이고 싶었다

밀어내는 연의 머뭇거림
다가가는 바람의 망설임
그것들의 진정한 이유는 아마도 상처 때문이리라
상처를 주고받게 되는 멈춤이 아릿하다 아프다

훨훨 날아올라 세상 끝까지 가고파서 바람을 바라보는 연과 줄을 잡고
있는 손의 고개 숙인 모습 사이에서 그저 허공에 떠 있는 마음들
놓아 버리지 못하고 메인
놓고 싶어도 매여 있는 연(緣)에 기다림의 시간들이 그득히 배어 있다

홀로 서 있습니다

눈물짓는 아픔이 보일 때면
나는 어느새 강으로 달려갑니다

강가에 피어 있는
야생화의 기다림은 무엇이냐 묻고 싶어요
강의 물결에 밀려난 모래들은
떨구고 온 살들이 그립지 않을까
오도가도 못하는 그곳에서
그들이 기다리는 것은 무엇인지
오늘도 내일도 하염없이 어디를 바라보고 있는 것인지
물어 돕고 싶습니다
그들이 대답해 준다면…

속 시원한 물결이 뒤엉켜 내 살 속에 묻히고
돌아오지 않는 메아리가 되돌아가는 그곳
바람이 머리를 쓰다듬으며 감추고 싶었던 수줍음을
자꾸 들춰내어 질문도 대답도 망각하는 강가

시간의 광야에 홀로 서 있습니다

기다림이 아프지 않도록

품 안에 파고드는 고양이
몇 날을 기다려도 투정 없이 반갑게 다가와 살갗을 비비다 지쳐 깊은
잠에 빠져 들었다
이글거리는 태양에 달궈진 시멘트 길에 검정 개미 한 마리 허둥대며
바삐 움직이는 모습이 누군가에게 혹은 어느 곳으로

그곳에도 기다림이 있으리라

길가에서 연주하며 노래하는 젊은이의 기다림은 아마도 관객
그리고 그 속에 심긴 그와 그들의 먼 또는 가까워질 꿈이 아닐지
음악 소리 뒤로 눈에 보이는 것은 또 다른 추억거리를 기다리는 연인
들이 속삭이는 주문일 거다

웃음꽃이 피어나는 주문인 게지

내 진정 사랑의 수호자가 되어 오늘을 사는 고양이와 개미들
내일의 꿈을 노래하는 젊은이들과 추억을 쌓는 연인들을 지키리라

기다림이 아프지 않도록

보편적 가치관

여유로움은
내가 가지고 있는 또는
내가 누리고 있는 물질적 풍요에서
나올 수 있다고 볼 수 있다

그러나
그것을 지키기 위해서 멀어져 왔던
그리고
소모되는 다른 가치들에게

너희들이
물질보다 소중하지 않아 등한시해 왔고
또 그리 해야 된다고 말해야만 한다면

난
더 이상
얼굴을 들고
그들을 마주할 수 없을 것 같다

공원에 앉아서

토요일 오후 뜨거운 열기는
많은 것을 데우고 있다
한적한 공원의 잔디와 나무들과 벤치

잘린 가지들을 안고 있는
사철나무는 무슨 생각을 하고 있을까?
더워서 못 살겠다고 아우성치는 것일까?
자꾸 베이는 현실을 원망하고 있을까?
물 한 모금 주지 않고 말이다

말라비틀어진 공원의 인적들
드문드문 바람이 불어와
감질나는 시원함을 찾고 있다
스마트폰을 꺼내 이 순간의 느낌들을
적어 보려 하지만 표현할 수가 없다

이 넓은 공원을 나와 개미들 매미 새들이
차지하고 있는 이 느낌을…

우리가 더울까 봐 바람이 따라붙어

시원함을 주려고 노력하는 이 느낌을…

나의 언어로는 설명할 수 없음을 인정한다

벤치 밑 바닥에 떨어진

소호^(小毫)의 땀방울에

개미들이 하나둘 모여든다

물건을 이고 가는 이 작은 이 덩치 큰 이

그들이 목을 축이고 가던 길 가는 모습을

그러할 것이라고 상상해 본다

내가 흘린 땀방울이

그 누군가의 목마름을 채울 수 있길

나 스스로에게 바라며…

순대국집 수줍음

곁에만 가도
향이 나는 아시아 향꽃
메밀꽃 닮은 하얀 꽃을 받아 들었다

작은 텃밭에서
그 누군가의
미소를
행복함을
우려 내고 내게 온 고수꽃

시를
쓰지 않을 거란 결심을 꺼내고
미안함에 머뭇거리는
내게 다가온
멍울 같은 눈빛에 하얗게 밴 아쉬움

밀어내지
못하고 다시 건너온 맘에

시는 아닐지라도 글을 달아 매단다

쌍꺼풀을
짙게 그려 넣은 평범함 속
변화를 맞이한 순대국집 수줍음

처음사랑

가난한 시골
먼지나는 운동장
눈썹 끝에 대롱대롱 이슬방울
해맑음이
맑게 씻어 내곤 했어

네가 내 맘에
들어오면서 눈뜬
세상의 밝은 빛들이 찾아온 날
웃음만
나오며 즐거웠지

길 가다 들른
초록 이랑에 들어
무 한 개 뽑아서 너 두 입 나 한 입
베어 물고
갈증을 달래던 기억

등하교
길 따라 늘어놓은 돌들
비바람에 떠내려가던 고무신
지금 세대는
이해 못하는 추억

우리도
부모님의 댕기머리와
쪽진 머리가 담고 있는 청춘이
다시 못 올
세월임을 눈치채듯

너와 내가
걸었던 날은 잊혀도
우리가 나눴던 설레는 맘은
예나 지금이나
처음사랑

사랑에 대한 짧은 고찰

갖게 되면 힘들고, 놓으면 아쉽고, 잡아 놓으면 관심 떨어지고, 멀어지면 애가 타 발을 동동 구르고, 다가오면 싫증나고, 또 멀어지면 오기가 발동하는, 그게 사랑인가요? 눈에 콩깍지가 쓰여도 3년 간다잖아요. 나중엔 의리로 사네 어쩌네 그러기도 하고요.

흔히 말하듯
사랑엔 유통기한이 진짜 있을까요?
달리 말하면,
유통기한이 있는 게 진짜 사랑일까요?

우리가 숨 쉬는 공기에 유통기한이 있던가요? 공기처럼 내 주변에 머무는 게 어쩌면 참사랑일 건데, 우리는 그 사랑을 잘 인지하지 못하거나 엉뚱한 데서 사랑을 찾고 있는 건 아닌가 싶네요. 공기가 없어지면 숨도 못 쉬는 것 다들 인정하시죠? 사랑이 떠나가면 숨도 못 쉴 것처럼 아파하잖아요.
그것도 인정하실 듯. 근데 죽진 않아요.

거참, 그럼 참사랑은 늘 있는 공기 같은 사랑이 아닌가?

아무튼

사랑을 상업적으로 악용하는 못된 사람들이 있는 것 같아요.

사람들이 가공한 사랑.

선과 악의 싸움처럼….

사랑이 아닌 걸 사랑으로 둔갑시키는 것.

사랑은 정말 주는 건데 받으려고 욕심부리다 벌받은 사람들에게 접근해서 감정팔이하는 부류들, 돈을 벌 목적으로 말이지요.

모르긴 몰라도 사랑에 관한 컨텐츠 시장이 세계적으로 제일 크고 그 규모도 어마어마하게 클 듯.

유통기한이 나와서 덧붙여 보자면 시중에서 판매하는 가공 식품엔 유통기한을 적죠? 자급자족할 목적으로 텃밭에서 직접 기르고 수확한 채소에는 유통기한이 적혀 있나요?

없죠, 당연히.

먹을 만큼 수확하고 보통은 상하기 전에 다 먹잖아요. 그리고 또 새롭게 돋아난 것들을 취하죠. 싱싱하고 싱그러운 채소를요. 계절마다 다르고 요즘엔 겨울에도 온실을 만들어 놓고 따뜻하게 채소를 열심히 가꾸시는 분도 많으니 사계절 내내 싱싱함이 가득한 채소를 먹을 수 있잖아요.

간혹 욕심 부려서 많이 따다 놓고 상해서 버리는 일이 있긴 하지만 매번 같은 실수를 반복하진 않는 듯…. 다년간 지치지 않고 텃밭을 정말 정성스럽게 일구시는 이웃님들 블로그를 보면 그런 것 같더라구요.

사랑도 마찬가지일 것 같아요.
사는 사랑이냐 아니면 가꾸는 사랑이냐.

물론 저는
사랑은 가꾸는 거라 믿는데, 요즘 드는 생각이 사랑이 상하면 보통도 못하는 자신을 탓해야지, 괜한 유통기한 탓을 하면 되겠나 싶어요. 유통기한 탓하는 사람들, 그들은 그 기한이 다 되면 다시 사랑을 구입해야 하는 건가? 그냥 그런 생각이 들었네요.

아! 혼족들은 조금 예외로 해야 할 듯.
대부분 일반적인 가정에서는 그렇다는 얘기예요. 가정을 돌보는 주부 (남자와 여자)가 직업 정신이 투철하면 사랑이 썩어서 버리는 일은 없으니.

채소를 기르듯 열심히 가꾸는 게 사랑인 것 같아요. 그러면 유통기한 도 없고 정말 매일매일이 새로울 것 같아요.
평생 연인처럼 설레는 사랑을 할 수도.
반대로 질투와 시기, 집착, 탐욕(정략), 이기 등의 화학조미료가 무지

막지하게 잔뜩 들어간, 자신이 편리하려고 하는 인스턴트 사랑에는 유통기한이 있을 수도요.

그냥 갑자기 사랑에 대해 생각해 보다가 억지를 버무려 짧은 고찰을 해 봤습니다.

동경이라고 해도 될 듯.

하루사랑

사랑하는 사람
하루 못 보면 지옥 같네
애달파 그리워
먹지도 자지도 못하네

고양이는
오 일 동안 사랑을 굶은 거고
하루를 사는 삶에게는
세상 전부라네

먼 길 오시는
그분이 아무리 빠르셔도
인간에겐 수없이
지고 나는 삶이라네

눈앞의 이익을
쫓지 말라는 말 있다네
하릴없어 만들어 낸

괜한 말 아니라네

하루 사는 인간이
하루 종일 겸손하고
하루 동안 사랑하며
살라는 말씀이네

사십을 산 인생은
이제 한낮에 있으니
덥더라도 참고 견디며
지내야 한다네

감사합니다

인간으로 이 세상에 왔음을 감사합니다

힘이 세거나 영혼의 존재를
의식할 수 있게 되어서가 아니라
감사함을 받아들일 수 있는 인간이기에
삶을 살아가는 모든 생명의 신비로움에
경탄할 수 있는 감각과 지성과 감성을 두루 갖추고
더 확장된 숨겨진 비밀스러운 만물과 교감하고
공유할 수 있는 공감을 갖게 해 준 것도 감사합니다

나약한 인간이 무한하고 절대적인 사랑의 빛을
마음으로 볼 수 있게 되었음에도
감사하고 또 감사할 따름입니다

또다른 어둠을 맞이했을 때
내가 보았던 빛의 초월적 신비로움을
나누어 가질 수 있도록 길을 열게 되어
기쁘고도 기쁩니다

여름날 그 풍경

소름 돋는 열정에
시간이 영그는 여름 한낮
백과 흑이 모여
새 역사들이 기록되는 광야
변태를 거치고
새로운 옷으로 바뀌는 계절
꽃을 보고 수줍게 붉어진 겁 많은 노랑나비

투박하고 엉성한
날갯짓에 빼앗긴 호기심
가던 길 멈추고
마음을 낮게 숨기는 저 몸짓
꼭 쥔 아담한 얼굴에
야무지게 그려진 입술
진갈색 눈동자에 초롱초롱 빛나는 옅은 바람

사랑스러운
장난기에 몽글몽글 맺힌 꽃심

파란 솜사탕의

설렘이 감싸 안고 가는 소녀

보일 듯 말 듯한

발소리에 숨 죽이는 더듬이

어색한 동심에 빛땀 나는 여름날 그 풍경

동행

고요하고 적막했던 숲속 구릿빛 나무에 고운 숨 불어넣어 주는 옅은 바람은 마른 가지에 깃들어 사랑의 꽃눈 되고, 밤새 하얗게 비어 있던 둥지는 새 생명을 잉태한다. 반가움에 신이 나고 설렘의 신기함이 춤을 추며, 마중물 되어 기쁨이 초대한 노란 빛깔은 이른 아침 연둣빛 물결 새로 송골송골 맺힌 이슬에 영롱함을 선사하며 새 생명이 눈을 뜬다. 무성한 잎들의 초록 빛깔 빵과 포도주로 무럭무럭 자라난 티 없이 맑은 애벌레는 시원한 나무 아래서 동무들과 기어 놀며 비의 맑은 소식과 바람의 향기에 묻어 온 세상의 빛에 물든다. 나날이 새로움의 눈짓들이 영사해 주는 신비로운 세상빛에 깊이 매료된 마음은 땅콩만 한 갈색 공간에 빼곡히 그리움을 진열해 놓고 솟아나는 고독샘을 마시며 다른 세상을 꿈꾼다. 한낮 찌는 듯한 더위에 소요하며 흐르는 시간 속 인내가 베틀 위를 더듬어 촘촘하게 날개를 짓고, 문을 박차고 나와 새 빛을 받아들여 높새바람 부는 날 세상을 날아 창공을 주름잡는다. 붉게 떨어지는 낙엽들이 깃 세운 사색에 추억을 채우고 삶의 동반자는 아름답게 탈리되며, 어둠에 더 이상 맞서지 못하는 석양이 찢긴 날개를 어루만져 노을 질 때 풍성함이 다가온다. 주름진 산야 벌거벗은 회색빛 나무들과 한 세기의 역사를 풍미하고 가루가 되어 자연의 찬연한 빛깔도 자는 춥고 배고픈 벌판에 다시 뿌려지고, 대지에 스민 날개에 고운 바람을 싣는다.

유명을 달리한 한 생명을 기리며

1. 칵테일

칵테일 한 잔이 내게로 왔다
당신들을 보낼 때마다 오는 손님이다
반갑지 않은 편지다
소식이다

2. 편지

잘 지내시지요?

방긋

울고 계시진 않으시지요?

그대가 많이 보고 싶고 그리웠나 봐요

하늘에 별 하나 또 떴는데

어둠은 더 짙네요

3. 메아리

동공을
크게 떠야 들어오는 별
별이 뜨는 짙은 마음이 커지고

귓속에 들어온 두 개의 메아리
주름진 별이
둥근 별 마중 나와 악수하며 반짝거리는 별 소리

어둠이 한 뼘 물러나는 발소리

4. 진혼시(鎭魂詩)

사랑했던 친구여

그대는 진정 티 없이 맑은 영혼으로
이곳에 왔다가 결국은 육신을 떠나갔구려
활짝 핀 세상꽃이
만방에 한 아름 피어 있길 기대했다면 미안하오
형형색색 아름다운 세상길이
눈앞에 펼쳐지길 기대했다면 미안하오
온 누리에 오직 맑은 세상심이
가득하길 기대했다면 미안하오

그대가 이 세상에 와서
사람들에게 많은 웃음과 기쁨을 주기 위해
일평생 노력하다 떠난 것을
만천하와 하느님이 알고 계시오
어리석은 한 인간으로 부탁하니

부디 이 세상에 원혼으로 남아

가난한 마음의 모든 인간들 곁에 머무르며

영혼을 어둠으로 인도하지 않길 부탁하오

당신의 혼이 아직 이 세상에 머물러 있다면

바람의 정령이 함께하시어

부디 하늘나라에서 영면하시길 기도하오

문학빌라

마음에 알록달록 붙인 밴드가 찾은 어느 한 빌라는 지난 삶에 드리워진 회색빛 그림자가 비춘 안식처. 따사로운 봄볕에 멍한 마음을 내려놓은 작은 방은 짙은 후회와 아쉬움이 배어 드는 한숨 섞인 두려움. 네발과 검은 등과 세 개의 눈이 만나 건설된 책상은 빈 몸에 달라붙어 온 이기와 탐욕과 물질의 집합체. 신규 외로움이 거니는 그릇 몇 개와 체리빛 밥상은 젊음의 소중함을 모르고 보낸 허송세월의 죄와 벌. 살 떨어져 나간 건조대와 작고 오래된 빨간 밥솥은 뜨거운 밥에 젖은 목이 울다 웃으며 말렸던 슬픔. 은빛 물결 춤추는 세탁기와 그루밍하는 냉장고는 묵은 몸뚱어리가 품게 된 신선하고 말끔해진 정신. 나뒹구는 화장지 고리와 덜커덩거리는 세면대는 닦이지 않는 불안함이 뒤범벅되어 흔들렸던 마음. 많은 날들과 시간이 스마트하게 앉아 있던 변기는 뱉어 낸 지난 삶의 멍에를 잡아 끌고 간 연못. 굽이굽이 돌아 나가는 역경이 오르내리던 계단은 발 뒷굽 닳도록 염원한 새 세상을 향한 노력의 산물. 정신없이 밀고 당긴 수를 기억해야 하는 현관문은 밝은 빛에 인도되어 투명한 세상으로 가는 탈출구. 고독이 숙성되며 오 개월 추억이 깃든 문학빌라는 이성적 사고로 중상을 입은 고죽(故竹)에 피어오른 감성.

벗

어느새

내 맘 깊숙한 곳에 스며들어

내 영혼을 단번에 들어 올리는 그대

사랑하는 이에게 기쁨을 주는 것이

벅찬 감동으로 밀려옴을 알게 해 준 그대가

진정 아름다운 사람입니다

그대가 나에게 전해 준

그 뭉클함이 내게 다가온 설렘과 같을 것이오

내 고독한 삶에

밝은 빛으로 다가와

같은 마음으로 이곳에 머무는 그대

평생을 찾아 헤맨 단 하나의 나의 벗

지는 석양을 함께 바라보는 벗

그냥 미소 지어지는 사랑 가득한 벗

이 믿음과 온정과 사랑을

시에 담아 그대에게 보낼 수 있음에 감사하오

건망증

울고 웃던 날들을 잊으려 길을 나서다
햇볕이 더워 투명 양산이 툭 떠오르다
혹시라도 소낙비에 맞을까
검정 우산 집어 든 마음
바람에 싣고 집을 나서다
내가 사는 곳의 주소를 적어 온다는 걸 잊어
다시 돌아가다
왜 가고 있는지도
또 잊어버리다
정신이 들어 가던 길 간다

아침 더위

갖고 싶은 것 가져도
딱히 달라질 것 없다네
가져도 없고 놓아도 없다면
거기에 목표를 세워 놓고
놓지 말고 가져 보세

사랑하는 사람을
기쁘게 해 줘도 좋고
나를 기쁘게 해 줘도 좋고
그 누가 기뻐하면 좋은 거라네
실망하면 하는 수 없네

가는 길 알았으니 된 거네
한 명이 좋아도 좋고
천 명이 좋아도 좋고
억만 명이 좋아도 좋은 거네
목표가 기뻐하면

아침 더위는

언제 가시려는지

그냥 땀방울이 맺히네

아침부터 우는 매미

더운데 목이 안 마르려나?

초심^(初心)

세탁기 돌아가는 소리가
리듬감 있게 다가온다
갑자기 지나는 전투기 소리가
쩌렁쩌렁하게 울린다
물결 소리가 묻힌다

세탁기 모터 소리에 집중한다
전투기 소리 희미해진다
커진 물소리 속에서 다시
멀어지는 전투기를 쫓아간다

찰나에 세탁기가 물을 쏟아 낸다
콸콸콸 뱉어 낸다
문득 정적이 찾아온다
이제 끝났나 싶은 긴장감이 돌다
마치 전투기인 양 굉음을 내며 돈다

힘에 부쳐 떨리는 소리

균형을 다시 맞춰야 할까 생각하다
문제없으니 그냥 놔둬야겠다는
마음이 피어난다

그동안 너무 많은 것에
신경을 곤두세웠나 하는 생각이
초^(抄) 단위로 떠다니다 나간다
초심^{(初心)*}은 잃지 말아야 하겠고
초^{(抄)**}의 심^(心)은 갖지 말아야 하겠다

오수^{(午睡)*}

근사한 카고 트럭이 있었다
이해 안 되는 녀석이
자기 것도 아닌데 문을 열고 올라타더니
후진 등에 흰 불이 켜지고
불안불안 뒤로 가는 차를
어이없어 하는 차주가
한 손에 이슬박스 들고 바라본다

우리는 혼비백산해 가던 길
우체국에 들어가 순서를 기다렸다
아는 얼굴 두엇이 미어터지는 우체국

시 하나가
수면 위로 떠올랐다

시를 음미하다
밀물에 빠져 들었다
인연을 밀어내고 썰물을 기다리고

한달^(閑達)**이 1초 같을 때

님 소식 다시 들으려나

보호소 검은 눈동자

어두운 들판을 떠돌며 상처 입은 아이
한가득 겁에 질린 눈동자는 촉촉해졌다
해맑은 미소와 따뜻한 마음 비추니
움츠린 아이 작은 떨림이 있다
사람만 연이던가 동물도 인연이다
곱디고운 마음에 안겨 새집에 왔어도
있을 곳 찾지 못하고 어둠만 원한다
귀엔 피딱지 피부엔 부스럼
수의사 보자 겁먹어 품에 파고들고
시간이 지나도 구석에만 앉아 있다

다가가도 여전히 눈망울만 붉히고
곁을 내주지 않아 미워할 법하다만
물을 주고 밥을 주어도 피하기만 하는 아이 곁에
몇 날 며칠 한결같이 있어 준다
화 한번 내지 않고 지켜 주기만 하더라
더 이상 도망치지 않는 아이가 되어
퇴근하고 집에 오면 마중 나와 준다

누워 있으면 겨드랑이를 파고들고

가방 옷가지 안 가리고 떠나질 않는다

그 아이

사랑 가득한 여집사 향인 걸 알게 된 모양이다

사랑이면 될까?

사람을 시험하는 건 인간이 아니라오
사회에서 일어나는 불합리한 시험들
그분의 영역에 도전하는 것과 같으며
악마의 유혹과도 같은 검은 뿌리라오
이제라도 회개하고 참회해야 하오

사람뿐만 아니라
동물도 마찬가지라오
실험 테이블 위에서 사라져 가는 생명들
그들도 우리와 함께 아름다운 지구에서
주어진 삶을 다 살고 갈 수 있어야 하오
무분별한 동물실험을 지양해야 하오

가슴이 아파 운다

뻐꾸기 슬피 울 때면
가슴이 아파 운다
뻐꾸기 노랫소리 흥겨워도
나는 가슴이 아파 운다

잠을 깨우는 새벽 닭도
복날을 무사히 넘겨 슬피 울 때면
가슴이 미어지게 가슴이 아파
나도 따라 운다

본연의 운명에
순응하지 못하고
이리 치이고 저리 치이는
고달픈 삶

길 찾아가라
문^(文)이라도 열어 주고 싶다

2018년 8월

새로운 길

해안가 풍경

흘러가며 길을 보는 그대를 걷던 강물
파도가 넘실거리는 아름다운 해안가
밝게 웃던 그대의 눈물이
파도가 되어 조약돌 사이에 숨긴 슬픔을 울리네요

미소가 여기저기 퍼져 내리는 산과 들
산들바람 불던 그대의 향기가
머물고 씻기듯 내 눈을 훔치고
그대의 눈물이 차곡차곡 쌓여 초록빛 숨결 이루네요

철썩거리는 나그네의 몸부림에 그린
하얀색 도화지는
외로움에 조각 되어
멀어져만 가는 그대의 눈물만 남기고
슬픈 눈망울을 지우고 있어요

슬픈 우리에
선홍빛 마음을 채워 가는 나의 그리움은

더 맑은 빛을 보여 주며

이슬에 묻어난 그대에게 전해지도록

곱게 빚어 멍울진 내 눈에 담아 가네요

조약돌 두 개

까망 마음에
꼭 들어 좋은 하얀 조약돌
밤하늘에서 빛의 조각을 찾고 있고요

하얀 마음에
꼭 들어 좋은 까망 조약돌
백주 대낮에 빛나는 별을 찾고 있지요

양떼구름 피어오른 여름 낮의 경치도
먹구름 피어오른 한가을 못지않고요
비 내리는 창가에 웃음을 걸어 놓고서
눈물 젖은 차를 마시는 여유도 있지요

양자택일하라고 종용하는 우리 사회
북방계 어른들과 남방계 어른들 잔치
꽃불 바다 내 사랑에 피어난
갈래머리 그대가 세상에서 제일로 좋더라구요

조약돌 무덤

굽이진 길을 뛰던 강물이

마주하는 건 파도가 넘실거리는 조약돌 무덤이네

절반으로 잘린 인생의 몽(夢)에 핀 불꽃

작은 초파리 걸터앉았다 날아간다네

미소가 가늘게 널려 있는

백주 산야의 어스름 풍경에

찢긴 사진이 담겨 있네

빛이 몰려와

먹구름을 가리는 손들이

바삐 움직여 가는 곳이

그 어드메인가

철썩거리는 나그네가 그리는 선들이

곡예를 하듯 차가운 물을 가두고 있네

하얀 달밤이 좋아하는

적적한 세상은

고독의 그림자가 머무는 안식처라네

텅 빈 가옥에 황톳빛 세상을 채워 가는 수수함 뒤로

숨어 버린 향은 어디 있고

가볍게 다가온 홑이불 속 뭉게구름 같은 솜실

서걱대는 내 성격의 칼날을 자르고 있네

갈래 길

거니는 날들이 훑고 지나간 자리에
바람의 상흔이 걷어 간
모래 한 줌이 그 어디에 뿌려져 소식을 전해 준다

덮어 버리고 묻어 버린
찌꺼기 속의 잔해가 굳어진 내 마음을 바라보고
어서 오라 눈빛 흔들며 나를 부른다

묵은 때 벗어 던진 새 자루에 담은 꿈
고민 속에 덫을 놓아 망설임을 낳고
울컥하는 마음과 함께 그대가 온다

아주 먼 데서 날아오는
다른 바람이 안개로 둘러싼 갈래 길을 열어 놓고
내 앞에 무겁고 긴 그림자를 세운다

도깨비에 홀렸나?

노래가 좋아 마음을 담아 가다
문득 멈춰 선 생각이
내가 혹시 도깨비에 홀렸나?
내가 사랑하는 도깨비
나보고 잊고 살라 한다
슬퍼 또 빗물처럼 눈물 흘린다
자기는 보고플 때 실컷 보고
나보고는 잊고 살라 한다
사랑해서 그런다고 위안한다
돌아서 걸어가는 길에
하염없는 눈물 바람이 인다

먼 하늘 먹구름 밑 삼청화
바람에게 부탁해
햇살 내려 달라 빌어 주고
들썩이며 돌아선 가슴 따라
걷는 길도 울먹인다
내 맘 이리 먹먹한데 그대는

또 얼마나 슬퍼 울까
햇살이라도 비추어라 바람아
부디 내 님 얼굴 예쁜 꽃 피우게
날 잊지 말라 전해 주려무나
그대가 올 때까지 기다린다고

노래가 좋아 마음을 담아 가다
문득 멈춰 선 생각이
내가 혹시 도깨비가 된 건가?
내가 사랑하는 그대
내가 잊으라 해야 한다
슬퍼 또 눈물처럼 빗물 흘린다
도깨비도 못 보는 슬픈 사랑
내가 잊으라 해야 한단다
내 처지가 그런다고 인정한다
돌아서 걸어가는 길에
하염없는 눈물 바람이 인다

언제 또 올지 모르는 거리
바람에게 부탁해
햇살 내려 주라 빌어 주고

들썩이며 돌아선 가슴 따라

걷는 길도 울먹인다

내 맘 이리 서러운데 그대는

또 얼마나 아파 울까

햇살이라도 비추어라 바람아

부디 내 님 가는 길 외롭지 않게

날 잊지 말라 전해 주려무나

내가 찾을 때까지 기다리라고

아름다운 마음의 길

바닥을 기던 아이 걸음마를 배우고 아장아장 걷게 되어 귀엽고 안쓰러운 추억을 부모 품에 안겨 주지요
무럭무럭 자라나 나라를 짊어질 일꾼 되어 곳곳에 있는 그대들은 소중한 창조주의 자녀임에 그 누구 하나 소중하지 않은 사람 없고 모두 다 존귀하고 사랑받아 마땅해요

발밑에서 꼭대기까지 올라가는 분들
앞만 보고 걷거나 뒤로 걸어도 좋지만 분명한 건 똑바로 걸어야 한다는 것 같아요
뒤를 보며 지나온 잘못들을 챙기는 분
앞을 보며 미래를 열고 앞장서시는 분
하늘과 땅과 주변을 돌보시며 걷는 분
모두 존경하고 사랑해야 할 것 같아요

대한민국 역사상 가장 중요한 순간에 외세가 들끓고 우리의 눈과 귀를 막아 많은 장애물들이 도사리고 있는 이때 정치권에서 부는 바람은 답답하네요
소중하신 저의 형제 자매님들께서는 창조주 하느님께서 이 땅에 보내

주신 귀하고 귀하신 분들임을 저는 믿어요

시원하게 부는 바람이 어디로 갈까요?

우리의 목표는 대체 어디에 있을까요?

바로 대한민국 전체가 하나가 되는 것

세계로 뻗어 나가서 온 누리에 사랑을 전파하고 인류가 하나 되는 것

그것이 바로 우리가 보고 듣고 새겨 갈 아름다운 마음의 길이 아닐까

싶어요

저녁 식사 후 풍경

함박 핀 웃음꽃에 새초롬한 말괄량이

핫한 마음에 훅 들어오는 애교 덩어리

고메밀면에 콩국수가 감싸는 웃음꽃

아이들 데리고 산책 나온 어미 고양이

길바닥에 앉아 물끄러미 바라보았네

잔뜩 경계하다 안심이 되는지

저만치 비켜 가 하늘의 달님을 바라보고 있네

한참을 앉아 있어도 미동 없는 나그네

어미 고양이 애들 데리고 자리를 뜨네

안타까운 마음 뒤로 하고 일어나 걷네

그렇구나

봉숭아 너는
좋을 때 너의 손들을
위아래로 살랑살랑 흔드는구나

꽃들은 방긋 웃으며 해님을 보고

소나무 너는 좋을 때
너의 침들을 가지런히 모아 공손해지는구나

먼 산 나무들은 어깨동무하고서
발맞춰 춤을 추며 좋아하는구나

풀들은 물결에 바람을 싣고 가고
단풍이 너는 좋을 때
치맛자락을 바람에 팔락이며
춤을 추는구나

새로운 길

길고 구부러진 길을
음미하며 걷던 날들
높이 솟은 나무의 늘어짐들과 인사하고
그늘 아래서 정착한 삶들에게
눈짓하며 내리막길을 걷다
바람과 마주하게 된다

앞에 보이는 낯익은 뒷모습이 반가워서
걷던 걸음은 빨라지고
어느새 달려가서 반갑게 인사하는 모습에
정을 담아 가는 아침 산책길은
맑은 초록빛 풍경들이다

골목을 돌아 부는 바람을 따라 걷는 이는
그 누군가의 바람을 몸으로 느끼게 되어
하니와 나비들이 있는 마음을 향해 가고
버려진 하얀 봉투에 쓰레기들을 담는다

또 다른 사랑의 알맹이를 집어 든 사나이

어디에서 어디로 누구에게로 가는 걸까?

바람에 실린 마음이 잡아 준

그의 앞길은 아마도 옳고 바른 길이 될 것이라고 믿는다

설렘

설렘은 언제나
그대와 같이 있으며
멀리서 오고 멀리 달아나는 게 아니네

바람의 흔들림이 세상을 어지럽혀도
그대가 가는 길이 옳다고 생각한다면
설렘은 바로
그곳에 자리잡는다네

그대가 중심이 되어
그대에게서 퍼져 나간 게 세상을 위하는 것이면
설렘 가득한 세상

그대가 중심이 되어
그대에게 들어오는 게 세상을 위하는 것이면
설렘 가득한 세상

그걸 안다면 그대가 설렘이 된다네

하늘에서 그려 준 아이

감은 눈 캄캄한 어둠 속 빛 조각이
끝없이 펼쳐지는 풍경으로 빠져들어요
세상에서는 볼 수 없는 모양들이 하나둘 나타나
하늘꽃이 되어 나리지요
희미하게 바라보는 눈의 윤곽이 조용히 드러나고
슬픔이 내려앉았어요
초승달처럼 걸친 오목한 눈썹은
그대의 환한 웃음을 기억하고 있을까요?

빛의 연필이 움직여 선을 만들고
그대의 가녀린 얼굴을 매만져 지나가요
멀리서나마 바라본 그대의 모습은
아직 완성되지 않은 어른 아이의 조각품
오밀조밀한 코가 솟아 오르고서야
그대의 생명을 감싸는 숨이 생겨나지요
살며시 벌린 입술은
마른 가슴에 어느새 생명의 숨결을 불어넣어 주고요
우리의 숨결이 파고드는 귀에선

웅크린 태아의 모습을 안아 주고 있어요

단아한 머리 모양이 드러나면서

그대의 모습이 내 마음에 살며시 담겨요

흐릿하게 찍힌 흑백사진 한 장을

가슴에 꼭 쥐고 그대를 찾아 나서지요

따스한 햇살의 길 위를 걷는 날엔

그대의 슬픈 눈망울이 빗물로 다가와요

그대의 구릿빛 피부의 눈부심은

내 맘을 까맣게 태워 가며 불꽃을 남겨요

은빛 반짝이는 그대의 머릿결은

바다 빛 물결의 내 맘에선 슬픈 빛이지요

그대가 내게 준 추억의 시간들은

향기로 남아 그대의 얼굴을 적시네요

그대를 찾아 헤매며 담은 사랑이 단단해져

그대의 슬픈 눈망울에 닿아요

하얀 점과 어둠에 그리움을 채운 그대의 눈동자는

빛을 얻은 별이 되지요

잘 견디고 잘 왔다고 웃는 달님은

촉촉해진 내 눈을 지그시 감싸 주고요

사랑스러운 음악이 흐르는 곳에선

그대의 목소리가 내 몸을 흘러 안아 줘요

하늘에서 내게 그려 주신 그대는

천 년을 이어 갈 단 하나의 내 사랑이예요

모든 게 하나

니가 내 마음에 그린 눈물을
내가 어떻게 하겠니
그래도 좋다 난 그냥 좋아
우리가 가야 하는 길

내가 너에게 니가 나에게
또다시 내가 너에게

서로가 주는 사랑 우리의 바람이
너와 나의 길인 걸

기억해
우리는 하나잖아
이제
그 믿음도 너와 내 것
난 그 모든 걸 알 순 없어도
우린 하나였어

우리가 이 세상에 나와서
또 이렇게 마주하고
나 너에게 나를 주고 있고
여기에 있잖아

걱정 마! 그리고 믿어 봐
너와 나만의 사랑을
우리가 보낸 소중한 날들
영원히 사랑하자

우리의 사랑 또 사랑
모두 다 소중히
그날의 슬픔 그날의 아픔
그날의 우리 모습

모든 게 하나

비닐 봉다리

당신에게 줄 소중한 식량을

담고 있기도 했죠

들뜬 마음에 들려 가기도 했어요

동심을 태우고 있기도 했고요

빈 채로 바닥에 떨어지기도 했답니다

어떤 깨끗한 아주머니 손에 이끌려

깨끗한 것을 비우고 더러운 것으로 채웠어요

그 누군가는 제가 필요 없다고

아무렇게나 바닥에 내동댕이치기도 했어요

그런데 어떤 게 더럽고 깨끗한지

우리는 전혀 알 수가 없답니다

잘하면 아마도 친구들과 만나거나

또 길바닥에 내동댕이쳐지겠지요

산책을 하다 보니 어린이집 아저씨가

비와 쓰레받기를 들고 나오네요

보기 좋아서 미소가 절로 나네요

그런데 차가 공회전을 하고 있어 아쉽네요

지나치다 흰 휴지가 떨어져 있는 것을 보니

같은 처지가 된 것 같아 처량하네요

Part II

상상직업

길을 걷다가 필연적으로 마주쳐야 했고 커피숍에서 만날 운명이었다
그 테라스가 예쁜 찻집

도서관 창가에서 쏟아지는 햇살에 유난히도 빛나는 머릿결을 쓸어 올
려야 했으며 마주오는 차에
지나가는 어느 밴에 앉아 스치듯 엇갈려야 했다
지하철역 끝없이 긴 에스컬레이터에서 서로를 지나쳐 가야 하기도 했다
텅 빈 기차역 대합실에서도 버스 안 옆자리에 옷자락을 깔고 앉기도
하고
어느 식당 입구에서 만나고
극장 개봉 영화를 함께 관람하기도 했다
우연히 들른 어느 인터넷 카페에서도
흐르는 강물을 내려다볼 수 있는 새로 생긴 다리 위에서도
깊은 산 골짜기로 떨어지는 얼어붙은 폭포의 아지트에서도 너와 우리
는 함께 했었다
차를 타고 가다 갓길에 멈추어 서서
책상에 앉아서 뭔가 끄적거릴 때나
사람들이 북적이는 공원과 번화가를 지나칠 때도

어느 고궁의 스산한 낙엽 위에서도

푸른 대나무 숲을 어루만지는 바람 소리에도

돌담에도

시장통에도 늘 우리는 너와 동행해야 했다

그렇게 우리는 존재하지도 않은 상상 속에 너를 넣어 놓고 걷고 걸어

도 만날 수 없는 너의 사랑을 대중들에게 팔고 있었는지도 모른다

상상이라는 그 직업을 통해서…

2022년
사랑초

사랑초

볕이 따사로운 하늘에
띄워 놓은 뭉게구름 한 송이
그대 미소에 젖어
사랑비를 내린다

바람도 반한 그 미소에
빠져 버린 나그네 그늘에는
어느새 흰 사랑초
한 송이 피어난다

짝사랑

어디에 시선을 태워야 하니
내가 방금 한 말이 뭐였니
내가 바보니
언제 바보가 됐니

Oh my gosh
You fell in love
짝사랑 그것도 아주 지독한…
너를 좋아하는지도 모르는 사람을…

네게 말 거는 법을 지적당해
해야 할 말도 못하고 망설여
하면 안 되는 말이 멈추지 않아
다 받아 줬으면
먼저 와 줬으면

What the fuck
Are you crazy?

그녀가 먼저 다가온다고?

그렇지 않아 그럴 일 절대 없어

여자는 유머러스한 남자를 좋아해

너처럼 재미없는 남자는 싫어해

너만 비참해질 뿐이야

참을 수 없을 만큼 혐오하게 될 거야

Shit Shit

Get out of here

제발 가 줘 날 놀리는 거라면

제발 내게서 멀어져 버려!

그녀가 웃어준 건 아무것도 아냐

누군가 너에게 장난친 걸거야…

걸리기만 해 봐라

가만 두지 않을 테야

뭔 일이래? 갑자기?

그런 태도 싫어

이미 늦었어

너의 사과는 식상해…

If it ain't broke

Don't fix it

나는 사랑을 한 것뿐이야

사랑을 주고서 받지 않으면

쿨하게~ 돌아서면 되는 거야

나는 사랑을 주려는 것일 뿐이야~

사랑을 받는 게 더 좋은 거야

주고서 쿨할 수 있기는 어려워

Oh~ You are a liar Big liar

제발 짝사랑을 나쁘게 하지 마

주고서 쿨해질 수 있는 게 사랑이야

받지 않는다고 비참해하고 혐오하며

돌아서지 못하는 건 사랑이 아니야

더 이상 그녀를 괴롭히지 마

그녀를 자유롭게 놓아줘~ 부탁이야

Please Don't touch her Please

사랑하려면

네가 가진 기억들이
누군가를 어둡게 한다면
그 모습은 결코 좋지 않아
서로가 가는 길에서
누군가 서성이게 된다면
그 길 또한 아름답지 않아

아주 먼 하루에 있던
둘만의 시간들이 소중하면
그걸로 행복할 수 있어야 해
아주 먼 날에 있던
둘만의 추억들이 아프다면
이제 그만 보낼 수 있어야 해

보고 싶어 볼 수 있는
그리움은 진짜 그리움이 아냐
보고 싶어도 보지 못하는
그리움이 너의 마음에 있는 한…

어느 하루에 지어진

사랑이 가볍게 날아간다면

그 기억은 아름답지 않아

이제 다시 보지 못할

사랑으로 간직하게 된다면

그 또한 바람직하지 않아

어느 한 날에 숨겨진

둘만의 느낌을 확인하려면

이제 그만 혼자가 되어야 해

어느 한 날에 남겨진

둘만의 마음을 사랑하려면

시간이 쌓이길 기다려야 해

지난 사랑에 빗대서

다른 누구를 사랑하는 건 안 돼

지난 사랑이 비워진 후에

네 마음에 사랑을 담아야만 해…

사랑인가 봐

바람이 만들어 준 물결 따라
내 생이 잔잔하게 흐르는 곳
정처없이 떠돌았던 내 맘이
네 품에 앉아 숨을 쉬고 있어

어둡기만 했던 내 삶들이
너의 미소를 받아 밝아지고
새 꿈이 피어나듯 말을 걸어
사랑스러운 앞날을 그리곤 해

너와 함께 웃으며
너와 함께 지내며
하루하루 맞이할 우리의 사랑
싱그럽게 퍼지는 사랑의 노래
기쁨 되어 우리와 함께 해

아! 이게 진정
가슴 벅찬 사랑인가 봐~

내 가슴속에 사랑을 보내 준

향기로운 봄처럼 다가온 너

하루 종일 네 생각에 들뜨고

네 얼굴이 아른거려 미치겠어

내게도 이런 날이 올 거란

기대도 못했던 순간들도 멀어져

난 어느새 아름다운 춤을 추고

좋은 생각들만 피워 내곤 해

너의 곁을 지키며

너의 곁을 걸으며

매일매일 함께 하는 우리 사랑

향기롭게 퍼지는 사랑의 노래

믿음 되어 우리 곁에 머물러

아! 이건 분명

아름다운 사랑인 거야~

너란 사랑

내 가슴에 손을 얹고
가만히 숨을 쉬어 봐
내 생명에 숨을 쉬게
할 수도 있는 사랑
그게 바로 너란 사랑
하나뿐인 내 사랑

니 가슴에 내려앉은
내 맘을 쉬게 해 줘
먼 길 떠나려다 멈춘
내 삶에 피는 사랑
그게 바로 너란 사랑
둘도 없는 내 사랑

이젠 아프지 않게
너를 안아 줄 수 있어
이젠 떠나지 않게
너를 사랑할 수 있어

아무도 모르게 내린
별빛에 실린 사랑
먼 곳에서 내 맘까지
실처럼 연결된 너
그게 바로 너란 사랑
내겐 너무 소중한

하늘에도 피어나는
낮달 같은 큰 사랑
바다의 푸른 맘까지
뛰게 할 수 있는 너
그게 바로 너란 사랑
내겐 너무나 설레는

이젠 울지 않도록
너를 지켜줄 수 있어
이젠 외롭지 않게
너를 사랑할 수 있어

그만 날 잊어 줘

질척거리지 좀 마
그건 사랑이라 할 수 없어
집착이고 미련이야

대체 뭐가 문젠데
왜 또 나를 귀찮게 하려 해
이젠 끝난 얘기잖아

니가 떠나갔던 날
우리 사랑은 없어진 거야
그때 모두 사라졌어

이제 와서 어쩌라고
니가 버린 그날을 끝으로
난 널 놓은 거란 말야

미안하지도 않아?
너 좋자고 떠난 거였잖아

벌써 잊었어야 해

누군가가 좋아졌어
이게 사랑인진 모르겠어
그렇지만 사랑일 거야

너무 오랜만에 생긴
감정이라 서먹하긴 하지만
싫지 않은 게 난 좋아

난 이제 다시 살 거야
누군가를 사랑하며 말이야
더는 흔들려 하지 마

난 좋아 지금이 정말
거짓말처럼 좋아 지금이
거짓말 거짓말처럼

이젠 그만 날 잊어 줘
너와 니가 사랑한 그 사람이
행복할 수 있도록… 이젠 그만…

한 사람을 위한 사랑

마음이 한 줌의 크기일 때
바람이 싣고 와서 담아 둔 사랑
어지러운 사랑에 숨막혀
바람도 체념하고 떠날 수 있게

바람과 함께 다니는 사랑
그 사랑에 목마른 많은 사람들
바람이 흔들며 주는 아픔
가짜라며 털어 낼 수 있어야 해

바람이 속삭이는 슬픔들
진짜 사랑을 탐내는 거짓 사랑
바람도 이기지 못할 만큼
깊은 사랑을 만들어 지켜야 해

한 날 두 날 눈물로 보내고
바람이 다시 돌아와 건넨 사랑
훌쩍 커 버린 마음에 숨어

바람도 찾지 못해 서성이도록

시간이 흐르고 난 한참 후
하늘에서 보내 준 꿈 같은 사람
그 사람만이 니 맘에 닿아
니가 숨겨 둔 사랑을 만나야 해

아픔도 슬픔도 모두 벗어
아름답게 빛이 나는 사랑만이
한 사람에게 남겨지도록
그 사랑을 소중히 간직해야 해

안녕

어느 날 문득 떠오르는 얼굴
사랑의 끈으로 맺어진 사람
싸늘히 변해 버린 내 심장에
하나둘 씨앗을 심고 있었어

잊힐 듯 잊히지 않았던 사람
언젠가 다시 만날 꿈속 인연
이제는 하얗게 지워진 내 맘
그 안에 조용히 살고 있었어

아름답게 보아도 부족한 날들
아프게 남겨진 나만의 날들
그리고 또 아파할 또 다른 날들
이제 그만 깨끗이 안녕할 거야

훌쩍 커 버린 내 마음 어딘가에서
자그맣게 기다려 준 너를 위해
지난 상처는 가져가지 않을래

남은 아픔도 모두 털어 낼 거야

그동안 미친 사람처럼 보내던
그 숱한 날들도 모두 보내 버려
새롭게 일어서는 날들을 위해
한 사람만을 위한 사랑이 될래

웃으며 보내도 아까웠을 날들
혼자서 움켜쥔 이별의 아픔들
그리고 또 남아서 아팠던 날들
이제 그만 안녕하며 보낼 거야

아픔으로 남지 않게

떠난다는 느낌이 들었어
그런데도 네게 갈 수 없었어
이번엔 진짜인 걸 알아서

한참을 망설이다 나선 길
너를 보자마자 밀려오는 감정
세상을 다 잃은 것만 같았어

너의 다정한 함박웃음이
다른 사람에게 향해 있는 걸
보지 못한 채 차라리 몰랐더라면
너를 보내고 돌아서는 길이
잿빛 세상은 아니었을 거야

너를 보낸 내게 남겨진 건
내가 힘들 때 늘 곁에 있었던
너의 다정한 미소뿐이더라

눈물만 흐르게 되면서도
니가 아파할까 봐 습관처럼
멋진 이별을 준비하려 했어

행복하게 보내고 싶었다
내겐 시간이 필요했던 거야
니가 맘 편하게 떠나갈 수 있도록
내가 너에게 짐이 되지 않게
니 맘에 아픔으로 남지 않게

너라서

자주 가던 찻집을 지나
하얀 배경 검정 글씨 써진 간판
유리창 너머 놓인 테이블
군더더기 없이 심플한 실내
이제 니가 아닌 다른 사람이
추억을 마실 빈 테이블
다시 볼 수 없는 너의 테이블

너를 만나려 수없이 가던 길
그곳을 예쁘게 지키던 추억들
안녕이라고 인사를 건네며
하나둘 얼굴을 내밀어 주었다
어둡게 변한 거리를 마지막으로
밝혀 주고 뒤돌아서려는 듯
다시는 보지 못할 것처럼

티라미수보다 부드러웠던 너
아메리카노처럼 따뜻했던 너

시장 골목에서도 예뻤던 너

너를 기다리던 그 가게 앞
보도블록이 열 개 스무 개 아니
백 개가 넘을지도 모르겠다
더디게 흘러가던 시간들
골목을 지나는 차들 속에
여행에서 돌아온 혹시 모를
너와 니가 새로 시작한 사랑

그렇게 이별이 시작된 거야
다시 돌아온 네게서 달아난
믿음을 찾기가 쉽지 않았음을
고백하는 지금도 좋을 만큼
너를 사랑한 날들이 애틋해서
돌이킬 수 없는 이별 후에
그 긴 아픔을 이길 수 있었어

따뜻한 품을 내어 준 너라서
늘 힘이 되어 준 고마운 너라서
누구보다 행복해야 할 너라서

까만 공간에

누군가는 탐구를 하고
누군가는 그림을 그리고
누군가는 계획을 했음을
까맣게 모르고 까맣게 잊고 있다
오늘에야 필름 속에 담긴
어지럽고 추악한 영화를
기어이 보고야 말았다

씨앗을 발라먹어도 시원찮을
상황들을 어찌해야 싹 틔울까
저 어두컴컴한 그늘에서
삶을 통째로 씻겨야만 했던
불쌍한 영혼들을 어찌해야
달랠 수 있을까

사랑에 먹물을 묻혀
시 한 편 적어 보겠다고
붓을 든 영혼들이 헤매는 밤

줄행랑친 불순물들이

어디선가 또 먹이를 찾아

또 하나의 고통을 낳질 않길

바라 마지않으며…

똥구멍에 볕이

생각만 해도 웃다가
눈물 한 방울 흘리면
숙연하다 다시 우울해지는
어느 해 쨍쨍한 봄 입(入)날

시원하게 배설한
불순물들이 가련해져
다시 불러 보고 싶은 생각이
굴뚝처럼 솟구친다

아직 영글지 못한 채
퍼져 나간 불순물들도
생명으로 태어날 수 있다면
그리하여 순물이 된다면

내게 있는 많은 날들을
그 순을 틔우기 위해
똥꼬에 볕이 들도록

활짝 열어 보내 주련다

꼬르륵

좋은 생각 하나에
여기저기 김빠지듯
새어 나오는 불순물

우직한 생각에
주춤거리다 슬금슬금
눈치 보는 불순물

꼬르륵 꾸르륵
꾸욱 꺼억 끼으윽
꾸꾸꾹 부르륵

다시 오지 않아도
걱정하지 않게
잘 닦아서 나가려무나

어느 날은

있던 아이들이
새로 온 아이들에게
양보하는 것일까?

새로운 아이들이
자리를 잡으려
밀어내는 것일까?

냄새가 지독한
어느 날은
누가 누군지 모른다

바른 생각이
독소를 내는 것인지
독소가 되는 것인지

자리

내 자리
니 자리 그 자리
누구 자리? 너 네 자리

한 세상 살다 가는 삶
누군가가 다시 서는 자리
그곳은 우리의 자리였다

지금 밟고 선 땅
탈탈 털고 떠날 때는
깨끗해야 하지 않겠나

지금 담긴 자리
다시 오지 않을 자리
바르게 있다 가야 하지 않겠나

누군가

어디서 누군가?
이곳의 누군가는
나를 알고 있으리라

거기서 누군가?
그곳의 누군가는
우리를 알고 있으리라

사방을 둘러친
하나 둘 셋 넷 다섯 여섯
일곱 여덟 아홉 열
끝이 없는 바리케이드

녹음을 방어하는 것인가
사람들을 방해하는 것인가?

거기서 누군가?
그 누군가는 사람들을

지켰을 테고

이곳의 누군가?
이 누군가는 무엇을
지키고 있었을 것이다

차례

너는 먼저 갔고
너는 가지 않았다
너와 네가 모르는 그 길

너는 오지 않았고
너는 올 수 없었다
너와 네가 알게 된 그 길

삶 속에 숨었고
삶 속에 숨길 수밖에 없었다
너와 네가 살았던 그 길

이제는 알 때가 된 것일까?
너와 네가 태어나서
죽음에 도달하는 그 길

없던 것이 생기는 게 아닌
있던 것이 드러나는 것이다

너와 네가 차례차례로

운명

너와
네가 사는 세상에
앞으로 일어날 일을
예측할 수 있으나
정확히 알기는 어렵다

그건
너와 네가
친하지 않았던 까닭이요

너와 네가
대화할 수 없었던 까닭이다

너와 네가
마음을 열고 함께 한다면
운명을
알 수도 있지 않을까?

알 수 없는 곳

지금 사는 곳이 궁금하다
언제부터 살고 있었는지
언제까지 살아야 하는지 아무도 대답해 주지 않아
더운 바람 타고 온 구름에서 시원한 물 쏟아지는 여름엔
흠뻑 젖은 초록빛 나무들
언제부터인지 언제까지인지

지금 사는 곳이 궁금하다
어떻게 살고 있었는지
어떻게 살아가야 하는지 아무도 가르쳐 주지 않아
뜨겁게 달아오른 사막에서 아른거리는 오아시스처럼
사라져 가는 자연 풍경들
언제부터인지 언제까지인지

우주에서 하나밖에 없는 사람들이 사는 별이라는데
넘어지고 실패하는 일들이 모래알처럼 많아 아프다
마음에서 하나밖에 없는 사랑이 싹트는 별이라는데
시샘하고 욕심내는 이들이 넘쳐 흐르게 많아 아프다

행복 삼키기

터져 나오는 분노를
울음을 삼켰듯
행복 또한 삼켜 본다
이 세상에 존재하는
대가로 주어진 상황들이
일반적이지 않았음에
격하게 분노하고
많이 울었어야 하는데
그동안 왜 참아야 했나
지난 행복들이
하나둘
나를 건드린다
지나 버린 것들을
다시 돌릴 수 없음을
상기시키고 날아가 버린다

2022년
자유롭게

그 겨울 햇살

그 겨울 따스한 창가에 비친
햇볕이 유난히도 밝게 웃었고
침대 위에서 끄적였던 시는
그녀의 손에 건네진 채 떠났다

몇 권의 이야기 꽃으로 피어
그녀의 얼굴에 수놓였는지 모르고
가끔 그녀가 걷던 길에 서서
스치듯 사라지는 미소를 그린다

겨울 끝 볕에서 핀 그녀의 눈
포근하게 덮이듯 내려앉는 눈빛
내 마음에 남겨진 맑은 눈동자
햇살이 데려올 함박에 담아 둔다

기다림

무겁다 마음이
설렘은 어디로 갔을까?
누군가를 기다리는
만날 수 없어도
기다려야만 하는
지친다 이제 싫다

마음에 담아 두고
하루하루 보내는
귀찮기도 하고
특별할 것도 없다
그러다 또 하루를
보낸다 아까운 하루

저 멀리서 보이는
낯익은 풍경들
그 안에 있는
내 기다림의 순간

이제 지친다 싫다

역시 지친다 싫다

어제도 오늘도

하염없이 기다리는

그래도 기다리는

닮은 꼴을 찾아서

달라도 비슷한 것을

찾아가며 기다리는

오늘도 의미 없이

흘러가는 시간에

가사도 들리지 않는

노래를 틀어 놓고

누군가를 무언가를

기다리고 또 기다린다

산 구름

산 너울 오르는 구름이
무슨 말을 하려는지 알지 못해도
푸른 산능선을 힘에 겨워
오르다 쉬고 있다는 것쯤은 안다

아침나절에 모여든 구름
주절주절 한 아름 이야깃거리를
쉴 새 없이 늘어놓은 다음
나 몰라라 가 버리고선 참 얄밉다

아니 대체 어떤 녀석이기에
이리도 사람 속을 태우고 있는지
잡히기만 하면 혼쭐을 내 줄까
불그락푸르락 씩씩거리기만 한다

이제 그만하자 숨바꼭질은
보일 듯 말 듯 사람 약 올리는 짓
하면 되겠니 안 되겠니? 라며

부탁 아닌 부탁을 해도 소용없다

풀이 꺾이고 난 후에야
답도 아닌 것을 툭 던져 주고서는
사람을 곤경에 처하게 두고
줄행랑치는 너 이 녀석 혼나 볼래?

영향에 대하여

영향 줄까?
네! 라고 답하면 영향 주면 되고
아니오! 라고 하면 안 주면 된다

영향받을래?
라고 누군가 묻는다면
니 맘씨가 고우면 생각해 볼게~
라고 하면 된다

까만 밤

햇살을 보고 활짝 웃는 너
네가 좋은 거라면 난 아무래도 괜찮아
태양이 오래 빛날 수 있게
어둠을 칠하는 까만 밤이 되어 줄게

사람들 행복을 원하는 너
네 꿈이 그려지게 눈을 감아도 괜찮아
네가 숨 쉬는 곳은 어디든
너만 괜찮다면 까만 밤으로 있을게

의자

겉으론 멋진 옷 입고
예의 바른 신사 숙녀인 척하다
아무도 없는 틈을 타
한쪽 영혼들이 밸런스를 잃고
치부를 흘리는 순간
구린 냄새를 다 수집해 놓고도
그 어떤 내색도 없이
묵묵하게 자리를 지키는 녀석
티가 안 나는 냄새도
찾아내어 어딘가에 묻어 두는
무섭고 치밀한 녀석
네 전부를 알고 있는 그런 녀석

길

스스로 선택한 길을 끝까지 가고자 하는 의지가 있을 때
본인이 선택하여 가는 길에 내려놓아야 하는 것이 있다면 내려놓아야
하고
들어야 할 것이 있다면 그 무게가 아무리 무겁더라도 들어야 한다고
생각하는 것이 본인이 선택한 길에 대해 책임을 다하는 것이다

그러다 그 길을 더 갈 수 없다는 것은 내려놓아야 하는 것이 더 없게 된
것이거나 이제는 더 이상 짊어질 무게가 없다는 의미도 되는 것이다
또한 길이 없어졌으니 그 길에 존재하던 것들이 남아 있을 이유도 없
게 된 것이며 같이 사라져야 하는 것이기도 하다

봄 나들이

오랜만에
뜰에 나갔다가
방긋 웃는 봄을 봤다

보랏빛 꽃
모자 쓴 선생 꽃
왕머리 꽃도 있더라

드물게 핀
따뜻한 풍경에
흐뭇한 미소가 왔다

꽃바다

해님 빼꼼
아줌마 아저씨
겨우내 얼었던 뜰에
일 나와 빛땀 쏟는다

꽃바다에
숨어 있던 봄들
손바닥에 꽃물 들여
무지갯빛 꽃깔 얹는다

시원한 비
한바탕 쏟아져
목마름 축이고 나면
울긋불긋 새 옷 입겠지

어스름 마음

감정이 웃는 날엔

가벼운 글에서도 빛이 나건만

갑자기 조용해진

바깥 풍경이 밝지 않아

어스름 저녁 내린

마음에 미동도 쓰기가 어렵다

사랑보다 좋은 건 없어

사랑보다 더 좋은 건 없어
너의 마음에서 사랑을 찾지 못하면
넌 결코 사랑을 할 수가 없어

사랑이 있어야 주든 말든 할 거 아냐
사랑을 찾아 니 마음속에서
그게 먼저야!

그리고 말야…
사랑이라는 마음이 있어야
받아도 잃어버리지 않고 담을 수 있다

칭찬

남에게 칭찬받으려고 하는 대신
시기와 질투와 탐욕을 멀리하는
귀하고 고결한 너 스스로를 칭찬해 봐

칭찬도 주는 거잖아
너를 칭찬하는 게 먼저 아니겠니?
그걸 좋게 표현하면 솔선수범이라고 하더라

시기 질투 탐욕을 알아채고
닦아 보려고 노력하는 너도
그 자체로 칭찬받아 마땅하지 않겠니?

S DNA

ⓒ 장인창, 2022

초판 1쇄 발행 2022년 6월 3일

지은이   장인창
펴낸이   이기봉
편집   좋은땅 편집팀
펴낸곳   도서출판 좋은땅
주소   서울특별시 마포구 양화로12길 26 지월드빌딩 (서교동 395-7)
전화   02)374-8616~7
팩스   02)374-8614
이메일   gworldbook@naver.com
홈페이지   www.g-world.co.kr

ISBN   979-11-388-0982-5 (03810)